RESCUED BY A BILLIONAIRE

EIN BAD BOY MILLIARDÄR LIEBESROMAN

JESSICA F.

Copyright © 2022 von Jessica F.

Alle Rechte Vorbehalten

ISBN: 978-1-63970-184-1

Es ist in keinster Weise erlaubt, irgendeinen Teil dieses Dokumentes zu reproduzieren, zu duplizieren oder zu übermitteln, weder in elektronischem noch gedrucktem Format. Aufnahmen dieser Publikation sind streng verboten und jegliche Speicherung und Aufbewahrung dieses Dokumentes sind nicht gestattet, es sei denn es liegt die schriftliche Erlaubnis des Herausgebers vor. Alle Rechte sind vorbehalten.

Die jeweiligen Autoren haben alle Urheberrechte inne, über die der Herausgeber nicht verfügt.

INHALT

Klappentexte v

1. Bethany	1
2. Bethany	9
3. Henry	20
4. Bethany	34
5. Henry	45
6. Bethany	53
7. Henry	62
8. Bethany	67
9. Henry	77
10. Bethany	86
11. Henry	96
12. Bethany	101
13. Bethany	108

KLAPPENTEXTE

Alles, was ich wollte, war ein Wochenende weit weg von allem.

Fern von meinem Ex. Meiner Vergangenheit. Dem Drama, das mich umgab.

Stattdessen landete ich in den Armen eines mysteriösen Fremden.

Ich konnte mich nicht an viel vom Unfall erinnern.

Nur an seine starken, beschützenden Arme, die mich in Sicherheit brachten.

Der maskuline Duft seines Körpers umgab mich, als er mir die Haare aus dem Gesicht strich und mir *Cara* ins Ohr flüsterte, bevor er verschwand.

Ich machte es mir zur Aufgabe, ihn zu finden, ihm zu danken.

Und jetzt habe ich es getan.

Henry Frakes versucht vor etwas zu entkommen.

Seine Seele ist verletzt… verfolgt – und jetzt will ich ihn retten.

Bevor ich es merke, verlieren wir uns in einem leidenschaftlichen und glühenden Meer des Verlangens.

Ich habe völlig die Kontrolle verloren.

Ich war noch nie mit einem Mann wie ihm zusammen, und Henry hat jede Chance ruiniert, dass ich je wieder einen anderen Mann will.

Aber zwischen den köstlichen Küssen und den endlosen Nächten merke ich, dass an ihm mehr ist, als er zu offenbaren bereit ist.

Und eine Frage bleibt immer noch – wer ist Cara?

Ist sie es, die er sieht, wenn ich in seinen Armen liege?

1

BETHANY

Ich mache mich auf dem Weg zum Gore Mountain, sobald die Straßen frei sind, und denke nur daran, aus Boston herauszukommen. Es ist eine kühle fünfstündige Fahrt zu den Adirondacks, aber das ist mir egal. Das sind fünf Stunden zwischen mir und meiner zerschlagenen Wohnung mit dem verschlagenen Fenster und Schlagspuren an einer Wand - und zwischen mir und Michael, der den Schaden verursacht hat.

Ich wusste, dass das nicht lange halten würde zwischen uns, als er anfing, mit meinen Klassenkameradinnen zu flirten, aber ich hätte nie erwartet, dass er so vor mir herumkriecht, nachdem ich ihm den Laufpass gegeben habe. *Und nachdem ich ihn beim Betrug in unserem eigenen Bett erwischt habe!*

Der verblassende Bluterguss unter meinem Auge tat auch nach drei Tagen noch weh. Michael hat in dieser Nacht innerhalb von zwei Stunden zwei Straftaten

begangen. Eine von ihnen verschaffte ihm eine Nacht im Gefängnis und ein gerichtliches Kontaktverbot.

Er weiß, dass es mit uns aus ist Aber er weigert sich loszulassen. Heute Morgen erwischte ich ihn, wie er vor meiner Tür im Wohnungsflur wartete. Er hatte sogar die Eier in der Hose, sauer zu sein, dass ich die Schlösser austauschte.

Er verbringt also noch einige Nächte im Gefängnis, weil er gegen das Verbot verstoßen hat. Und ich brauchte dringend eine Pause von Boston.

Ich konnte nicht ruhig in meiner Wohnung schlafen, da so viele persönliche Gegenstände von Michael sich in der Wohnung noch befinden. Also hob ich was von meinem Sparkonto ab, machte eine Hotelreservierung und machte mich auf den Weg in die Adirondacks.

Ich erreiche die Autobahn und der Verkehr wird ruhiger und ich atme auf. Ich hasse es, in Boston zu fahren. Die Autofahrer dort *versuchen* wortwörtlich, sich gegenseitig anzufahren.

Aber dort ist die Schule und mein Hause, bis ich mit der Schule fertig bin. Ich hatte Glück meine Wohnung zu bekommen - genauso wie ich Glück habe, dass mein Praktikum, mein Stipendium und das Geld aus meinem Blog zusammen genug sind, um es zu bezahlen. Also schaffe ich es vorerst.

Meine Vorstellung von einer Pause beinhaltet immer, dass man für eine Weile aus der Stadt und von der Menschenmenge wegkommt. Diesmal ist das Gefühl ein wenig dringlicher als sonst. *Danke, Michael, du Arschgesicht.*

Ich vermisse den Gore-Berg seit Jahren. Seit ich von zu Hause weggegangen bin, habe ich nicht mehr viel Geld für Besuche gehabt, aber ich habe immer davon geträumt zurückzukommen. Früher fuhr ich dort jeden Winter selbst hin, wund und sonnenverbrannt und betäubt von dem eisigen Wind, der vorbeirauscht.

Es gibt für mich kein friedlicheres Gefühl, als allein einen Berghang hinunterzurasen.

Ich hoffe, dass ich es an diesem Wochenende zurückgewinnen werde und mein Herzschmerz endlich weggeht. Aus diesem Grund riskiere ich es, direkt nach einer Runde ungewöhnlich starker Schneestürme dorthin zu gehen.

Zumindest steigt die Temperatur bereits über den Gefrierpunkt.

Ich spüre wie sich meine Laune hebt, als ich Musik auflege und mich geistlich auf die bevorstehende Langstrecke vorbereite. *Zwischen dem Neuschnee auf den Pisten, dem wärmeren Frühlingswetter und den wenigen Leuten ist es der ideale Ort zum Entspannen.*

Dieser verdammte Idiot Michael wird immer noch versuchen mich anzurufen, sobald sie ihn rausgelassen haben, aber ich kann bestimmen, wer mich anruft. Er verstößt ständig gegen die Schutzanordnung, egal wie oft er dafür gemeldet und abgeholt wird. Ein weiterer Grund für mich, für eine Weile die Stadt zu verlassen.

Fahr zur Hölle, Michael. Wenn er damit weitermacht, kann er zusehen, welche Wirkung seine Nutzlosigkeit, sein Gejammer und sein missbräuchlicher Schwachsinn auf die Bevölkerung hat.

Nach etwa einer Stunde Fahrt beginne ich mich wirklich zu entspannen. Ich höre auf, an meinem Bluterguss rumzuspielen, meine Muskeln entspannen sich ein wenig und ich ertappe mich sogar dabei, wie ich im Radio zu AC/DC

mitsumme. Als ich nach drei Stunden Fahrt in einem winzigen Restaurant am Straßenrand zum Mittagessen anhalte, lächle ich sogar.

Siehst du? sage ich zu mir selbst, als ich auf den Parkplatz einfahre. *Du schaffst das. Das Leben kann weitergehen. Es endete nicht, als Michael durchdrehte und anfing, Dinge zu zerbrechen.*

Das Lokal ist ein seltsamer Steak- und Burgerladen mit rustikalem Holzdekor und einem Mobster-Thema statt. Filmplakate schmücken die Wände: *Der Pate, der König von New York, die Ehre von Prizzi.* Im Fernsehen läuft eine schlecht produzierte TV-Serie namens *Goodfellas.*

Eine Kellnerin, die aussieht wie eine Schlange, mit rot gefärbten Haaren und zu viel Make-up lächelt mich an, als sie mir eine Speisekarte und etwas Wasser bringt. Ich nippe daran, während ich durch die Speisekarte blättere.

Ich bestelle fast reflexartig den Diätteller: Salat und ein unappetitlich klingendes Truthahnpastetchen. Aber dann erinnere ich mich, *dass Michael weg ist* und lächle und bestelle einen Bacon-Cheeseburger.

Wie oft aßen wir draußen, nur damit er mich anstarrte und missbilligende Geräusche machte, wenn ich mehr aß als üblich. Jedes verdammte Mal. Er wollte, dass ich mager bin, aber ich werde nicht so dünn, ohne krank zu werden.

Jetzt werde ich mich also ein wenig austoben. Vielleicht nehme ich sogar einen Milchshake. Ich werde ihn bald genug auf der Piste verbrennen.

Jetzt, wo ich Boston hinter mir gelassen habe, ist es, als ob eine Last von mir abgefallen wäre. Ich habe mich ein wenig zu sehr an den Druck durch Michael gewöhnt, das ist mir klar. Jetzt, wo ich frei bin, fühle ich mich innerlich lebendig.

Und plötzlich bin ich verdammt erregt.

Der Sex mit Michael war ungefähr so befriedigend wie Tankstellenpizza: nicht aufregend, unbefriedigend, ohne Pep und manchmal ein bisschen ekelhaft. Während ich mich in dem halb gefüllten Lokal nach den Truckern und Touristen umsehe, die ebenfalls angehalten haben, um etwas zwischen die Zähne zu bekommen, verfolgen meine Augen jeden unbegleiteten Mann mit der Neugier einer freien Frau.

Nun. Alle außer dem jungen blonden Kerl. Michael hat meinen Geschmack für diesen Typ getötet, wahrscheinlich für immer.

Das ist gut so. Die Hütte wird voller sportlicher Männer sein und einige werden Singles sein. *Ich bin frei. Ich kann mich umsehen. Daten. Mich von jemandem flachlegen lassen, der tatsächlich weiß wie es geht.*

Was für eine faszinierende Idee. Auch für mich ist es das erste Mal, aber ich weiß, dass es solche Männer tatsächlich gibt. Ich habe meine Freundinnen über dieses oder jenes wilde Wochenende schwärmen hören und ein oder zwei planen bereits ihre Hochzeiten. Ich hatte wohl einfach nur Pech, schätze ich.

Das ist okay. *Meine Zeit wird kommen. Vielleicht sogar an diesem Wochenende.*

Was ich wirklich will, ist ein seltenes Exemplar: einen Mann, der mich tatsächlich gut behandelt *und* im Bett geschickt und geduldig ist. Das bedeutet wahrscheinlich jemanden, der älter ist als ich, viel reifer als die Kerle in meinem Alter und viel... erfahrener.

Aber werde ich in der Lage sein, so jemanden anzuziehen? Das einzige Problem mit älteren Männern ist, dass so viele von ihnen nach jemandem suchen, der sowohl naiv als auch jung und heiß ist. Ich bin seit Jahren nicht mehr naiv gewesen, nur zu gutmütig mit mir selber.

Ich esse meinen Burger und trinke einen Mokka, während ich den Raum beobachte, und mache mich dann wieder auf den Weg, sobald sich mein Essen gelegt hat. Ich fahre jetzt die Adirondacks hinauf, und es fängt wieder an zu schneien, so wie in Boston.

Schon bald erreiche ich das echte Winterwunderland, wo die Pflüge noch arbeiten und der Wind weiß schimmernde Wolken über die Hänge drüber jagt. Der Neuschnee hat die immergrünen Bäume am Straßenrand so zugeschneit, dass sich ihre Äste zum Boden hinbiegen. Manchmal rutscht der rasch schmelzende Schnee runter und die dunkelgrünen Zweige biegen sich himmelwärts und werfen den Rest als glitzernden Regen ab.

Hin und wieder fahre ich an einer Piste vorbei, die wie eine Perle in der staken Sonne schimmert. Als ich das sehe, kann ich es kaum erwarten, meine Ski

Anzuschnallen und loszufahren. Aber ich bin noch ein Stück vom Gore-Berg entfernt, und ich muss geduldig sein und mich auf die Straße konzentrieren.

Der Verkehr beginnt sich zu verdichten, während ich mich dem Ferienort nähere. Ich werde langsamer und ignoriere die Hupen der ungeduldigen Menschen hinter mir. Der Schnee hat sich auf der Autobahn stellenweise neu abgelagert. Das Fahren wird gefährlich, da es glatt ist.

Ab und zu überzieht eine durch den Wind, der die Hänge hinunter weht, frische Schneewolke kurz die Straße, woraufhin mein Auto kurz schaukelt. Ich schalte meine Nebelscheinwerfer ein und fahre weiter, aus Angst vor einer Frühlingslawine. Man verliebt sich nicht in den Schnee, ohne alle Möglichkeiten zu verstehen, wie er einen töten kann.

Der Typ direkt hinter hupt immer wieder und scheint nicht zu bemerken, wie der vom Berg weggewehte Schnee um uns herum immer dichter wird. Ich ziehe zur Seite und lasse seinen zugeschneiten SUV vorbeifahren, und er schreit mich mit einem Jersey-Akzent unausstehlich an. *Ja, ja, Arschloch. Pass auf, dass du nicht von der Klippe stürzts.*

Dann passiert etwas Seltsames. Die weiße Wolke vor mir wird plötzlich so dicht, dass sie den Geländewagen und jedes Auto in seiner Nähe komplett zu verschlucken scheint. Ich runzele die Stirn, verlangsame weiter - und höre plötzlich das quitschen der Reifen und spüre wie der Boden zu beben beginnt.

Ach du Scheiße! Ich bremse und ziehe zur Seite, leider zu spät. Das Rumpeln wird zu einem Dröhnen - und plötzlich verwandelt sich das Quietschen der Reifen in zerbrechendes Glas und schepperndes Metall.

. . .

Ich versuche auszuweichen, aber ich kann nirgendwo hin. Die Autos hinter mir fangen an, ineinander zu krachen. Ich spüre, wie mir jemand gegen die hintere Stoßstange fährt und mich nach vorne in die Schneewolke schiebt.

„Nein!" Ich ziehe vergeblich am Lenker. Nasse Schneebrocken prallen gegen meine Windschutzscheibe, ich lasse einen Schrei des Schreckens und der Angst los. Dann prallt etwas so heftig auf die Seite meines Autos, dass es seitlich in die Luft stürzt... und direkt vom Rand der Klippe herunter.

Ich höre einen harten Aufschlag und das Knirschen von Glas. Der Sicherheitsgurt gräbt sich in meine Schulter, und ich falle in Ohnmacht.

2

BETHANY

Ich öffne meine Augen und sehe eine verdrehte Welt. Meine Fenster sind außen völlig weiß, aber erstaunlich intakt; das Auto ist funktionsfähig genug, dass ich das Glühen der Scheinwerfer durch die Schneeschicht hindurch schwach sehen kann. Ich bin bei Bewusstsein, am Leben... und in einer verrückten Situation.

Ich schalte die Notbeleuchtung ein, bete, dass sie jemand im Schneetreiben sieht, und ertaste mich. Mein Kopf tut weh, eine Schulter fühlt sich verrenkt an, und ich bin sicher, dass ich vom Sicherheitsgurt, an dem ich hänge, blaue Flecken bekommen werde. Aber ich blute nicht, ich spüre meine Füße, und nichts scheint gebrochen zu sein.

Heilige Scheiße. Ich schließe meine Augen und versuche, mich über meine Angst hinaus zu konzentrieren. *Das war eine Lawine. Ich wurde gerade von einer verdammten Lawine getroffen und habe überlebt!*

Bis jetzt jedenfalls.

„Okay", sage ich mir, meine Stimme klingt laut in dem kleinen Raum. „Die Notbeleuchtung ist eingeschaltet und blinkt. Dies ist eine große Autobahn. Die Rettungsmannschaften kommen.

„Jemand wird mich bemerken. Ich werde Luft bekommen und mich warmhalten können, bis sie mich ausgraben." Ich muss innehalten und schluchzend atmen, während ich eine weitere Welle der Angst durchstehe. „Ich bin nur teilweise begraben, und es ist immer noch Tageslicht."

Es ist in Ordnung. Ich werde bald frei sein. Jemand wird kommen.

Der Ansturm der logischen Beruhigungen funktioniert so gut, dass ich aufhöre zu zittern. Endlich atme ich noch einmal tief durch und öffne die Augen. Mein Kopf hämmert, weil ich auf dem Kopf stehe, aber ich scheine ihn nicht verletzt zu haben.

Ein weiteres Plus: Ich rieche kein Benzin.

Ich muss hier weg. Die plötzliche Einsicht trifft mich wie ein Blitz, zusammen mit der Erkenntnis, die es antreibt: Was ist, wenn es eine weitere Lawine gibt, bevor mich jemand erreichen kann? Ich könnte von dem, worauf auch immer mein Auto zur Ruhe gekommen ist, gestoßen werden und in die Schlucht stürzen. Oder ich könnte einfach begraben werden bevor man mich rettet.

Ja, scheiß drauf, ich warte nicht. Ich stütze mich gegen das Dach und löse meinen Sicherheitsgurt, wobei ich leicht wütend werde, weil ich vom Dach falle und mit meinen Knien gegen das Lenkrad knalle. Die Lawine traf mich auf der Breitseite, die Bäume am Hang der Schlucht müssen den Sturz meines

Autos gebremst haben. Glücklicherweise ist mein Auto, wo auch immer es verkeilt ist, zumindest vorübergehend stabil.

Ich positioniere mich unbeholfen in dem engen Raum, lege meine Schulter gegen die Tür und schiebe, während ich die Türklinke betätige. Er bewegt sich kaum einen Zentimeter, bleibt aber dann stecken, eingekeilt durch das Gewicht des dahinter liegenden Schnees. „Scheiße!"

Ich drehe mich um und drücke meine Füße gegen die Tür, wobei ich mich abstütze und mit aller Kraft mit meinen Beinen dagegen schiebe. Es bewegt sich kaum

einen Zentimeter weiter; Schnee fällt auf meine Knöchel, und ein wenig frische Luft rieselt herein, aber das war's dann auch schon. Ich bin völlig gefangen.

Tränen des puren Terrors trüben für einen Moment meine Sicht. Ich wische sie weg und fange mich wieder ein, wobei ich versuche mich zu beruhigen. *Kein Grund zur Panik. Irgendjemand wird mir auf die Schliche kommen. Ich muss nur ihre Aufmerksamkeit erregen.*

Glücklicherweise funktioniert die Hupe noch immer.

Ich hupe in Intervallen: Ich halte zehn Sekunden lang, dann lasse ich für zehn Sekunden wieder los und höre gespannt zu. In diesen Intervallen der Verzweiflung höre ich in der Ferne gedämpfte Geräusche: Sirenen, Walkie-Talkies, gelegentliche Schreie der Bestürzung. *Wie viele Menschen wurden von der Lawine getroffen oder wurden in einen Unfall verwickelt, weil sie nicht rechtzeitig anhalten konnten?*

Wie viele Menschen sind gestorben?

Dieser Gedanke macht mich krank. Tränen der Angst und Verzweiflung füllen wieder meine Augen, aber ich arbeite weiter mit der Hupe. *Was auch immer passiert, ich werde mich ihnen nicht anschließen!*

Die Batterie wird irgendwann leer sein. Ich habe schreckliche Angst davor, was dann passieren könnte - wenn die Hupe verstummt und die Lichter ausgehen. Auch die Heizung wird dann nicht mehr funktionieren.

Aber ich traue mich nicht, den Motor laufen zu lassen, um die Batterie aufzuladen. Ohne zu wissen, in welchem Zustand er ist, könnte ich ein Feuer entfachen.

So will ich nicht enden, verdammt! Mein Atem ist zittrig, ich zittere. Aber ich kämpfe immer noch darum, konzentriert zu bleiben. *Ich kann immer noch überleben. Jemand wird mich retten.*

Jemand... bitte rettet mich.

Die Hupe wird allmählich leiser, und die Lichter flackern und dimmen, als ich plötzlich Schneeknirschen höre. Jemand kommt mit schweren Schritten auf mich zu. „Hallo?" Ich piepse laut und hupe dann wieder.

Jemand nähert sich der Fahrerseite des Autos. Ein wenig später verändert sich das Schneeknirschen. Es ist anders. Jemand fängt an, den Schnee zu schippen.

Ich halte den Atem an und möchte den Fremden nicht mit noch mehr Schreien und Hupen ablenken. Das ständige Knirschen der Schaufel, die die Schneemassen wegschiebt, wird lauter, und schließlich höre ich ein tiefes, männliches Seufzen.

Oh Gott sei Dank, es muss ein Rettungshelfer sein. Ich entspanne mich; sie haben mich endlich entdeckt. Oder... jemand anderes hat es.

Die Schaufel kratzt gegen die Scheibe auf der Fahrerseite, und ich bewege mich von ihr weg. Die Person, die gerade dabei ist, mich zu bergen, hält inne, und ich sehe eine Hand mit schwarzen Handschuhen, die die letzte Schneeschicht vom Fenster wegwischt.

Ich erblicke ein langgezogenes, gutaussehendes Gesicht mit grünen Augen und einem durchdringenden Blick. In seinen Augenwinkeln bilden sich kleine Fältchen. Er starrt mich einige Sekunden lang mit fassungslosem Gesichtsausdruck an... und dann richtet er sich auf und beginnt, den restlichen Schnee von der Tür wegzuschippen. Er legt einen Zahn zu, und ich warte aufgeregt darauf, dass er fertig wird.

Schließlich wirft er die Schaufel zur Seite und holt ein Brecheisen hervor. Ich beobachte, wie er damit den Schnee und das Eis von der Tür wegkratzt und sie dann mühsam aufbricht.

Schließlich öffnet sich die Tür und ich schiebe mich aus dem Autoinneren heraus, wobei ich ihn fast umrenne. Er lässt das Brecheisen fallen und fängt mich auf, wobei er seine Arme um mich schlingt, um mich zu beruhigen.

„Es ist alles in Ordnung, Cara", murmelt er mit einer tiefen, seltsam abwesenden Stimme. „Ich habe dich. Diesmal habe ich dich gerettet."

„Oh Gott, das war verrückt. Danke". Erst ein wenig später realisiere ich, was er sagte, und blinzle ihn verwundert an. „Entschuldigung, wie bitte?"

Er lächelt verschmilzt und hebt mich leicht hoch. Er ist ein großer, durchtrainierter Mann, mit breiten Schultern und Stahlkörper. „Die Sanitäter checken dich erst durch, und dann gehen wir nach Hause. Du schaffst das."

Ich wehre mich nicht. Mir ist plötzlich schwummrig, ich zittere am ganzen Körper. Ich weiß immer noch nicht, warum er mich Cara nannte… aber als er mich den steilen, schneebedeckten Hang hinauf und auf die Straße trägt, bin ich plötzlich zu abgelenkt, um darüber nachzudenken.

Die Autobahn ist durch die Lawine vollständig blockiert. Autos, Lastwagen und SUVs sind zum Stillstand gekommen, umgekippt oder brennen sogar. Das Auto, das mich vorhin überholt hat, hängt hangabwärts in einem Baum.

Ich starre auf das Auto, zerdrückt wie eine Bierdose in der Faust eines Betrunkenen, und meine Augen füllen sich mit Tränen. *Warum zum Teufel bist du nicht langsamer gefahren?*

Noch schlimmer ist die Massenkarambolage kurz vor der Lawine. Mindestens zehn Autos liegen auf der vereisten Straße, manche sogar komplett zertrümmert. Sechs Krankenwagen, ein Such- und Rettungsteam und ein Autobahnteam mit

Bergungsausrüstung sind bei der Bewältigung des Schlamassels im Einsatz.

Ich keuche vor Entsetzen, und der Griff des Fremden wird immer fester. „Psst, psst. Es ist okay, versuche ruhig zu bleiben. Wir müssen nur sicherstellen, dass du nicht verletzt bist."

Ich nicke und vergrabe mein Gesicht in seiner starken Schulter. Drei Abschleppwagen mit zerquetschten Autos fahren an uns vorbei, als er mit mir auf seinen Armen den Schneehügel hinaufklettert. Ich starre auf die zerquetschten Autos, die die Wagen abschleppen, und stelle fest, dass ich unglaubliches Glück hatte. Ihre Insassen sind vermutlich tot.

Das hätte auch ich sein können. Aber stattdessen tauchte dieser Held mit seinen sanften Händen und getrübten Blick aus dem Nichts auf. Er trägt mich zielstrebig in Richtung der kleinen Kolonne von Krankenwagen am anderen Ende des Chaos.

Er riecht wirklich gut: Holzgeruch, Leder, rotbraunes Rum-Aftershave. Sein Atem riecht nach Pfefferminzkaugummi und Kaffee, und er drückt mich an sich, als wäre ich etwas Wertvolles.

„Wie heißt du?", frage ich mit bewunderndem Gesichtsausdruck.

„Du kennst meinen Namen, mein Liebling", murmelt er mit demselben abwesenden Lächeln. Mir wird plötzlich klar, dass auch er in einer Art Schockzustand ist.

Oh, Scheiße! Was ist mit dem Kerl los? „Geht es dir gut?"

„Jetzt ja, weil ich weiß, dass du in Sicherheit bist. Aber ich kann nicht dasselbe über den Lexus sagen." Seine Stimme ist leise und nachdenklich, sehr ernst - aber seine Augen bleiben betrübt, und ich frage mich langsam, ob er sich den Kopf gestoßen hat. Zumindest sind seine Iris gleich groß.

„Vielleicht solltest du dich auch von den Sanitätern untersuchen lassen", schlage ich sehr vorsichtig vor.

Mein Haar weht mir in die Augen, und er schiebt es sanft zur Seite. Ich bin verwirrt. Ich mag das Gefühl, aber bin zu überwältigt, um zu viel darüber nachzudenken.

Er spricht unermüdlich weiter. „Ich komme schon zurecht. Ich habe keinen einzigen Kratzer an mir. Lass dich einfach untersuchen."

Ich sage solange nichts, bis er mich zu einem unbesetzten Krankenwagen bringt. „Hey", ruft er. „Ich habe gerade meine Frau hier aus diesem umgedrehten Dodge rausgeholt. Sie war diejenige, die am Steuer saß. Ist jemand frei?"

Er scheint jetzt bei völligem Bewusstsein zu sein, und ich bin es... nicht, wie ich merke. Meine Beine und Arme zittern, mein Herzschlag verlangsamt sich und ich fühle ich mich trotz des ganzen Adrenalins, das durch mich geflossen ist, schwach.

Die erschöpft aussehenden Rettungssanitäter schauen auf: zwei Männer und eine Frau, die jeweils einen Kaffee trinken. Einer der Männer stellt seine Tasse ab und seine Thermoskanne beiseite, um meinem Retter zu helfen, mich hinten in den Krankenwagen zu untersuchen.

„Wie lange waren Sie eingesperrt", fragt der Kerl mit rasiertem Bart, während er meinen Blutdruck misst.

„Ich weiß es nicht. Es kann noch nicht allzu lange her sein, mein Auto hatte noch eine Weile Strom". Ich schiele, während er mir mit einem Stift in die Augen scheint. „Ich war für einen Moment bewusstlos, aber ich glaube, das war nur der Schock."

„Irgendwelche Schmerzen? Haben Sie sich den Kopf gestoßen?"

„Nicht das ich wüsste." Ich beantworte seinen Fragebogen im Autopilotmodus, während ich zu dem Mann hinüberschaue, der mich gerettet hat. Er beobachtet mich genau, hat sich aber zurückgezogen und lässt die Sanitäter ihre Arbeit machen.

Wer ist das? Er scheint sich davor zu sträuben, seinen Namen zu nennen... aber er kommt mir auch seltsam bekannt vor. Nicht sehr viele Männer sehen so unwiderstehlich gut aus. Aber wo habe ich ihn schon einmal gesehen?

Wie durch ein Wunder habe ich mein Handy noch bei mir. Ich habe es in all dem Chaos vergessen. Ich ziehe es heraus und mache ein paar Fotos von dem Typen.

Als er mich dabei erwischt, zieht er sein Telefon ebenfalls heraus und ahmt mir nach. Die Art, wie er lächelt... seine zärtliche Art. *Verwechselt er mich mit jemandem?*

Das muss es sein. Das ist das Einzige, was Sinn macht. Er ist nur ein großer, mutiger, charmanter Flirt, der versucht, mich davor zu bewahren, nach meiner Rettung in Panik oder Depression zu verfallen.

Er könnte auch in gewisser Weise wahnsinnig sein. Aber die Art und Weise, wie seine Heldentaten, seine Freundlichkeit, sein Duft und seine Berührung meine Aufmerksamkeit erregt haben, lässt mich *wirklich* hoffen, dass es nicht so ist.

„Okay, Sie haben einen schweren Schock und einige Blutergüsse erlitten, vor allem an der Schulter. Die gute Nachricht ist, dass es nichts ist, was Ibuprofen, Flüssigkeit und Schlaf nicht beheben können. Wir warten auf einen Shuttlebus, der alle in die Stadt bringt. Wollten Sie in das Skigebiet?" Der Sanitäter gibt mir eine Tasse Kakao.

„Ja", murmle ich und behalte immer noch den Mann im Auge, der mich gerettet hat. Er senkt sein Telefon und sieht verwirrt aus. „Ich habe eine Reservierung in der Gore Mountain Lodge."

Als ich wieder aufblicke, telefoniert der mysteriöse Mann mit jemandem.

„Sie müssen ein Auto in der Stadt mieten und Ihre Sachen morgen dorthin bringen. Für heute Abend bringen wir alle in einem örtlichen Motel unter, während die Verletzten ins Krankenhaus gefahren werden. War außer Ihrem Mann noch jemand bei Ihnen?"

Ich schaue plötzlich zu dem Sanitäter auf und fühle, wie meine Wangen brennen. „Oh, äh, er ist nicht mein Mann. Er hat mich gerade gerettet. Kam eigentlich aus dem Nichts."

„Huh." Er wundert sich über den Mann, der mit jemandem zu streiten scheint.

Dann greift er sich ein Klemmbrett und reicht es mir. "Okay, bitte sehr. Schreiben Sie einfach Ihre Kontaktdaten und die Details zu Ihrem Auto auf. Wir werden es für Sie abschleppen. Wenn es nicht gefahren werden kann, bringen wir es zum Mechaniker. Sonst bringen wir es auf den Parkplatz des Motels."

„Danke", sage ich und spüre ein Gefühl der Erleichterung. Das ist verrückt, beängstigend und störend zugleich, aber es ist nur ein Rückschlag. Ich werde es schaffen. Ich kann morgen zum Skigebiet fahren und Ski fahren gehen, wenn es mir gut geht.

Ich schaue auf, um auch meinem Retter zu danken, bin jedoch schockiert und schaue mich um. Er ist weg... so plötzlich, wie er gekommen ist.

3

HENRY

„Es war Cara. Ich schwöre bei Gott, dass es so war, Onkel Jake."

Jake hat uns Abendessen gemacht, während er die Nachrichten auf seinem Telefon hört. Die Lawine und der Absturz sind in aller Munde. Er blickt auf, nachdem er eine Peperoni-Schote grob zerkleinert hat, sein Gesicht verzerrt.

„Henry... Cara ist tot. Das weißt du."

Ich atme tief ein. Er sagte mir dasselbe am Telefon, während ich sie direkt ansah. Cara, meine Liebe, meine Frau, die ich vor fast zwanzig Jahren verloren habe.

Diesmal habe ich dich gerettet, denke ich und lecke meine trockenen, kühlen Lippen, während mich Zweifel überkommen. *Ich habe es endlich geschafft.*

Natürlich weiß ich, dass mein Onkel Recht hat. Sein strenger, besorgter Blick bringt mich auf den Boden der Tatsachen: Meine Fantasie geht mit mir durch.

Nicht meine Frau. Zu jung und viel zu... lebendig. Aber wie zum Teufel erklärst du dir das?

„Ich weiß", sage ich und halte meine Hände hoch. „Du hast Recht. Cara ist jetzt seit zwei Jahrzehnten tot und ich weiß das.

„Aber diese Frau sah ihr im wahrsten Sinne des Wortes sehr ähnlich. Gleiches Haar, gleiche Augen, gleicher Körperbau."

„Du hattest ein Déjà-vu, Henry", sagt er mit dem kleinsten Anflug von Frustration in seiner Stimme. „Du hast eine Frau gerettet, weil du dachtest, sie sei Cara. Aber das war sie nicht. Bitte sag mir, dass dir das bewusst ist."

Ich seufze verzweifelt und hole mein Handy heraus. Ich mache es auf, hole die Fotos hervor, die ich von ihr gemacht habe, und zeige sie ihm. „Hier. Schau selbst."

Er legt sein Messer ab und nimmt dann langsam das Handy in die Hand. Seine Augen weiten sich, als er auf das erste Foto hinunterblickt. „Heilige Scheiße."

Er schaut zu mir auf, zwinkert und schaut dann wieder auf den Handybildschirm. „...Okay. Ich verstehe schon, ich mache mir jetzt viel weniger Sorgen um deinen mentalen Zustand - aber das ist wirklich verdammt seltsam."

„Die Frau, die ich rettete, sieht genau wie meine Cara aus." *Ich bin nicht verrückt - oder zumindest nicht ganz so verrückt.*

„So sehr, dass ich mich frage, ob Cara eine Cousine hatte. Aber dieses Mädchen ist zu jung. Hast du ihren Namen herausgefunden?" Er starrt mich immer noch an, als ob er mir immer noch nicht ganz glauben würde.

Ich kann ihm keinen Vorwurf machen, auch wenn ich ihm seine Zweifel manchmal übelnehme. Der Verlust von Cara machte mir zu schaffen, und er ist derjenige, der mir geholfen hat, mich wieder aufzuraffen. Aber heute wurden meine Fortschritte ernsthaft in Frage gestellt.

Dieser Unfall bewirkte ein Déjà-vu, wie ich es seit sechs Jahren nicht mehr hatte. Plötzlich saß ich mit Cara wieder in meinem Truck, alles um uns herum schepperte: Cara ist bewusstlos und blutet am Kopf. Aber einen Moment später war ich allein in meinem zertrümmerten Lexus, umgeben von ausgelösten Airbags, und sie war weg.

Also ging ich auf die Suche nach ihr. Und ich fand stattdessen dieses Mädchen. „Ja, ich hatte ein Déjà-vu, aber kannst du mir das verübeln? Sie war echt, und sie sah ihr so ähnlich."

Wie meine Cara. Die reizende Cara, meine Frau für achtzehn Monate, die ich kurz nach der High School geheiratet habe. Es tut weh, an sie zu denken.

Wir waren beide über beide Ohren verliebt und hatten keine Ahnung, dass bereits etwas in Bewegung gesetzt worden ist, um sie mir endgültig wegzunehmen. Ich hatte keine Ahnung, dass es mein Verschulden sein wird, dass ich ohne sie weiterleben muss, mit zerrissenem Herzen und ohne Verstand. Aber genau das ist passiert, und seitdem lebe ich mit dieser Last.

Heute fühle ich jedoch, dass ich das Geschehene langsam verarbeiten kann. Das bringt Cara nicht zurück, aber ein ihr ähnlich aussehendes, unschuldiges Mädchen ist dank mir jetzt am Leben.

Ich habe nun die komplette Aufmerksamkeit von Onkel Jake. Er scheint nun ein wenig beruhigter zu sein... aber viel verwirrter. „Das ist völlig irre. Hast du ihren Namen herausgefunden?"

Ich schüttle reuevoll den Kopf. „Nein. Ich war zu desorientiert... besonders als du und ich anfingen, am Telefon zu streiten. Nicht, dass ich dir die Schuld dafür gebe. Ich wünschte, ich hätte ihren Namen und ihre Telefonnummer herausgefunden".

Er lässt ein leises Grunzen los, schaut nachdenklich drein und schaut mich schließlich an. „Was ist mit dem Lexus passiert? Bist du verletzt?" Er gibt mir mein Telefon zurück und hackt weiter.

„Totalschaden. Aber die Bergungsmannschaft hat ihre Arbeit getan. Ich könnte einen Ausflug zu meinem Chiropraktiker gebrauchen, aber das war's dann auch schon."

„Das war Glück. In welchem Zustand ist das Auto des Mädchens?" Er ist mit der Peperoni fertig und beginnt dann Pilze und Oliven kleinzuhacken.

Ich setze mich an den Küchentisch, mir läuft das Wasser im Mund zusammen. Es ist besser, ihn beim Kochen nicht zu stören. In der Küche ist er der Boss. „Liegt umgekippt im Schneegraben drei Meter den Hang hinunter. Gut, dass sie zu diesem Zeitpunkt angeschnallt war."

Im Gegensatz zu Cara. Gott, Cara... Ich versuche den Gedanken zu verdrängen und schaue auf das müde, verletzte Mädchen auf meinem Handybildschirm. Nicht Cara, sondern die echte, oder ihr Ebenbild. Und jetzt ist sie in Sicherheit, weil ich sie gerettet habe.

Trotz Schock und Déjà-vu habe ich es trotzdem geschafft, jemandem das Leben zu retten. Das ist gar nicht schlecht.

Mein Onkel macht mit dem Gemüseschneiden weiter, wobei er mich halb im Auge behält. „Klingt, als hätte das arme Kind einen wirklich beschissenen Tag gehabt. Aber es wäre wahrscheinlich noch schlimmer gewesen, wenn du nicht da gewesen wärst."

„Das habe ich auch gedacht." *Verletzt.* Ich schaue verträumt auf das Bild. „Das ist seltsam."

„Eh? Was ist merkwürdig?" Er macht eine kurze Pause und schaut in meine Richtung.

„Sie hat einen Bluterguss unter ihrem Auge. Vielleicht ein paar Tage alt." Der Spürhund in mir, der wahre Kriminalromane und Krimis liebt, liebt das Detail. „...das ist ein blauer Fleck."

Jemand hat sie geschlagen.

Der plötzliche, intensive Wutanfall überrascht mich völlig. Ich weiß im Hinterkopf, dass es daran liegt, dass sie wie Cara aussieht. Die Vorstellung, dass jemand seine Faust in dieses Gesicht schlägt, bringt mich dazu, ihn zu finden und ihn solange zu schlagen, bis er sich nicht mehr bewegen kann.

„Henry." Die Stimme meines Onkels ist bestimmt.

„Es sieht aus, als wäre sie angegriffen worden." *Ich muss etwas tun. Wenn nicht für ihn, dann ihr zuliebe.*

„Lass es, Henry."

Ich schaue zu ihm auf, eine Mischung aus Verwirrung und Verärgerung. „Was?"

Er seufzt. „Lass es. Sie ist eine völlig fremde Person, und es ist ihre Sache. Lass mich die verdammten Calzones machen, lass uns zu Abend essen, und lass uns *Die Spur des Falken* wie zwei vernünftige Menschen ansehen.

„Ich weiß, dass sie wie Cara aussieht. Ich weiß, dass du dieses Mädchen so sehr vermisst, dass du seitdem keine andere Frau mehr angefasst hast. Ich weiß, dass du dich auch immer wieder selbst bestrafst."

Er atmet tief ein und fixiert mich mit seinem Blick. „Wenn du dich ein bisschen weniger hasst, weil du dieses Mädchen gerettet hast, dann ist das toll. Aber renn ihr nicht hinterher."

Das sollte mich nicht ärgern, aber es tut es. Sie ist mir nicht ohne Grund über den Weg gelaufen. Es ist ein zu großer Zufall, dass ein Mädchen, das das Ebenbild meiner toten Frau ist, auf der gleichen Strecke in einen Autounfall gerät, nur um von mir gerettet zu werden.

Glaube ich an die Reinkarnation? Ich habe das bis heute noch nie in Betracht gezogen. Aber selbst wenn diese verrückte Theorie irgendwie richtig ist, habe ich dann noch das Recht, einer neuen Inkarnation von Cara hinterherzujagen, nachdem ich sie beim letzten Mal so sehr enttäuscht habe?

Wer auch immer dieses Mädchen ist, wenn ich mit all dem auf sie zugehe, würde sie wahrscheinlich denken, dass ich völlig verrückt bin. Ich könnte sie sogar komplett verscheuchen. Und was würde es bewirken?

Vielleicht habe ich nicht einmal das Recht, sie zu verfolgen. Meine Aufgabe mag einfach darin bestanden haben, sie dieses Mal zu retten und zufrieden zu sein, dass sie irgendwo auf der Welt lebt und glücklich ist.

Doch dann erinnere ich mich an den blauen Fleck auf ihrer Wange und meine Fäuste ballen sich auf der Tischplatte. *Aber ist sie glücklich? Ist sie sicher?*

„Sag was", mein Onkel beobachtet mich, während er die Oliven zu Ende schneidet.

„Ich frage mich nur, ob es ihr gut geht."

Er schlägt das Messer ein wenig zu hart auf das Schneidbrett. „Henry. Zum letzten Mal, das ist nicht gut für dich. Willst du, dass man gegen dich eine einstweilige Verfügung verhängt, weil du eine Fremde erschreckst, nur weil du deine Frau vermisst? Diese Scheiße mit der Selbststrafe muss aufhören."

Er hat Recht. Mein Bauchgefühl sagt mir das Gleiche. Ich werde das Mädchen wahrscheinlich abschrecken, wenn ich sie aufsuche.

Scheiße. Mein Herz rutscht mir in die Hose, wenn ich daran denke, aber schließlich seufze und nicke ich." Du hast Recht. Ich werde sie nicht aufsuchen. Aber ich bin trotzdem neugierig, warum sie Cara so sehr ähnelt."

Ich sehe, wie sich seine Schultern vor Erleichterung entspannen, und er macht mit der Essenszubereitung weiter. „Gut. Ich auch, aber du weißt ja, wie du bist."

„Ja." *Aber was ist mit dem Bluterguss?* „Ich weiß, wie ich bin."

Da ich am Nachmittag nicht trainieren konnte, hole ich am Abend alles doppelt nach, indem ich meinen Fitnessraum mit Hardrock-Klängen und dem Klirren, Klopfen und Knarren von Trainingsgeräten fülle. Ich bin seit der Schulzeit verrückt nach Fitness und als ich lernte, wie ein gut trainierter Körper und etwas Ausdauer sowohl mich, als auch Cara vor den Tyrannen der Nachbarschaft schützen können.

Wir haben uns in der siebten Klasse kennen gelernt und angefreundet, nachdem ich zu meinem Onkel gezogen war. Damals war unsere Familie arm, und mit seiner Veteranenrente konnte er sich lediglich ein kleines Haus in Poughkeepsie leisten. Sie wohnte nur eine Straße weiter weg und ging jeden Morgen auf dem Weg zur Schule an meinem Haus vorbei.

Mir wurde klar, dass sie schikaniert wurde, als sie mich bat, mit ihr zusammen zu laufen. Ich war zwar schüchtern, aber als ich ihren verängstigten Blick sah, musste ich ihr einfach helfen. Zwei Jahre später gab sie mir meinen ersten Kuss, und danach gehörte ich ihr.

Ich lernte zu kämpfen und trainierte täglich. Zusätzlich joggte ich am Abend. Ich habe damals so viel gekochtes Huhn, Eier und Joghurt gegessen, dass ich anfing, Magenschmerzen zu bekommen. Ich wollte größer werden, ein Schild zwischen Cara und der Welt.

Heute jogge ich zehn Meilen pro Tag oder fahre zwanzig mit dem Fahrrad. Ich habe eine Stunde Krafttraining und eine Stunde Judo-Training. Meine damalige Routine war noch brutaler.

Ich kichere ein wenig, während ich mich auf meinem knirschenden, kaputten Brett umdrehe, und erinnere mich daran.

Auf meinen Bauchmuskeln bilden sich Schweißperlen, während ich Sit-ups mache. Heutzutage bin ich mit meinem Aussehen, meiner Ausdauer und meiner Kraft ziemlich zufrieden.

Damals war ich aufgrund meines jugendlichen Leichtsinns ständig frustriert. Da ich ein leicht zu beeindruckender Teenager war, habe ich mich an den Körpern, die ich in Comics und Filmen sah, gemessen: Teenager-Jungs, die wie ältere Männer gezeichnet oder von ihnen gespielt wurden. Deshalb war ich nie zufrieden mit dem, was ich im Spiegel sah.

Aber Cara war es. In der Nacht, in der sie mich mit diesem Kuss überraschte, schmelzte ich dahin. Wir waren fünfzehn.

Ich fing an, härter zu trainieren, indem ich Leichtathletik machte und Kampfkunst ausübte. Ich wollte für sie gut aussehen. Ich wollte, dass sie mich berühren will.

Wir waren sechzehn, als ihr blöder Vater mich erwischte, als ich sie von der Schule zurückbegleitete. Er wollte wissen, was ich tat, und ich erklärte ihm, dass die großen Jungs an der Bushaltestelle immer wieder ihren Rock hochhoben. Er war davon überzeugt, dass ich schwul sei, weil ich nicht mitmachte und nur deshalb vertraute er mir seine Tochter an.

Ein Jahr später schlüpfte Cara in mein Schlafzimmerfenster, nachdem sie das Rosenspalier hinaufgeklettert war. Zum ersten Mal konnten wir uns gegenseitig so viel berühren, wie wir wollten. Wir waren vor Erregung völlig benebelt und versuchten, leise zu sprechen und kämpften darum, uns unter der Decke gegenseitig auszuziehen. Und dann...

Ich stöhnte auf, als ich mich an die anschließende Szene erinnere. Diese Erinnerung hatte mich erregt und in meiner indigoblauen Trainingshose eine Beule zurückgelassen. Jetzt vermisse ich sie noch mehr und erinnere mich wieder an das Mädchen mit ihrem Gesicht.

Während des Trainings muss ich an sie denken. Ich frage mich, ob sie im Bett die gleichen Dinge machen würde wie Cara. *Das ist ein gefährlicher Gedankengang,* warne ich mich, und versuche, mich auf mein Training zu konzentrieren.

Eine Sauna und eine kühle Dusche geben mir die notwendige Entspannung, um einen Roman zu lesen und ins Bett zu gehen. Ich lese *Wenn die Wölfe heulen.* Es ist eine viel bessere Lektüre als erwartet, selbst im Vergleich zum Film, der zu meinen Favoriten gehört.

Aber während ich mich abmühe, es zu genießen, schweifen meine Gedanken immer wieder zu Caras Zwilling zurück, mit dem verängstigenden Blick und dem verletzten Gesicht. Meine Gedanken bleiben bei ihr, bis ich einschlafe.

Wir küssen uns schon seit Stunden, unsere Herzen schlagen wild, während ich das Gefühl ihrer weichen, nackten Brüste an meiner Brust genieße. Woher wusste sie, dass Onkel Jake um zehn Uhr zu seinem Flug muss und das ganze Wochenende weg sein würde?

Sie kam hierher. Sie ging das Risiko ein. Sie kam zu mir, und sie brachte Kondome mit.

Ich kann mein Glück nicht fassen, als ich mit meinen Händen über ihre warmen, weichen Kurven streiche und ihr dabei helfe, sich aus ihren Kleidern zu winden. Ihre Augen starren mich im Mondlicht an, erfüllt mit Sehnsucht und Vertrauen. „Besorg es mir", flüstert sie, während sie die Kordel meiner Schlafhose aufbindet. „Du kannst alles mit mir machen."

Auf ihre Einladung hin spritze ich beinahe meine erste Ladung direkt in die Hose, aber es gelingt mir, meinen Eifer zu kontrollieren. Trotzdem bin ich überwältigt - von ihr, von meiner wunderschönen, mutigen Freundin, die sich wie ein Dieb eingeschlichen hat, um mir die Nacht meiner Träume zu bescheren.

Ich bin über ihr, ein Oberschenkel zwischen ihren Beinen eingeklemmt und meine Hand streift über ihre herrlich weiche Brust. Ich streiche mit dem Daumen über die Brustwarze und sie keucht laut.

„Mm, fühlt sich gut an...", winselt sie, und ich beginne, diesen winzigen, weichen Fleischknubbel zu streicheln, und sehe zu, wie er steif wird, während sie ihren Kopf zurückwirft und die Hose auszieht.

Es ist der Wahnsinn. Ich knie über sie und fange an, beide Nippel zu Liebkosen. Sie windet sich, wölbt den Rücken, die Augen weit aufgerissen vor Erregung. „Oh!" schreit sie auf, und ich bringe sie mit einem Kuss zum Schweigen, während sie wimmert und jauchzt.

Meine Erektion ist jetzt so hart, dass es weh tut. Ich fühle, wie sie durch den Stoff durch gegen meinen Bauch pocht. Ab und zu streift ihr Körper dagegen, und ich grunze in ihren Mund hinein, als ein warmes Gefühl meinen Körper durchströmt.

Ich breche den Kuss ab und bewege mich nach unten, während sie sich weiter räkelt, und genieße die Geräusche, die mir zeigen, dass sie ihr eigenes Keuchen und Stöhnen zu unterdrücken versucht. Ihr Körper bebt unter meinem. Ihre herrlich weichen Brüste streifen meinen Körper, während ich über ihr bin. Schließlich halte ich es nicht mehr aus und beginne, ihre Brustwarze zu küssen und lasse dabei meine Hand nach unten gleiten.

Ihr Körper verkrampft sich; sie drückt ihre Brust gegen meinen Mund, und ich stürze mich darauf und sauge lustvoll. Der Geschmack ihrer Haut, ihre Zärtlichkeit, ihr Keuchen, wenn sie mit beiden Händen in meine Haare greift und anfängt, ihre Hüften zu bewegen, das alles macht mich verrückt.

Ich schiebe einen Arm unter sie, stütze mich auf meinen Ellbogen, während ich an ihrer Brust sauge und spüre, wie sie unter mir zittert und zuckt. Ihre Stimme ist zu wortlosen, musikalischen Schreien geworden; schließlich nimmt sie ein Kissen und vergräbt ihr Gesicht darin. Ich sauge fester daran und höre ein gedämpftes Stöhnen.

Ich lasse meine Hand zwischen uns gleiten, ziehe ihr Höschen herunter und schiebe meine Hose runter, um meinen Schwanz zu befreien. Sie hebt ihre Hüften an, um mir zu helfen, sie spreizt ihre Beine, während sie sich von dem Höschen befreit... und sie dann anschließend um mich schlingt.

Ich verspüre ein großes Verlangen, in sie einzudringen, aber erinnere mich gerade noch so an das Kondom. Ihr Hecheln und Stöhnen kommt mir vor wie eine Ewigkeit. Während ich das Kondom drüberziehe, bearbeitet mein Mund zuerst die eine Brustwarze, und knabbert anschließend an der anderen.

Meine freie Hand gleitet zu ihrer weichen, rasierten Muschi, die jetzt feucht ist, und ich trenne sie sanft mit meinen Fingern. Sie bewegt ihre Hüften stärker, während ich sie streichle. Ich schaue auf und sehe ihren Kopf nach hinten gebeugt, jeder Muskel ist angespannt, während ich sauge und streichle.

Ihr Körper zittert so sehr, dass ich fast vom Bett runterfalle. Ihre warme Muschi bockt einladend gegen meine Hand. Schließlich kann ich es nicht mehr aushalten und tauche meinen Schwanz in ihre warme Spalte und dringe in sie ein.

Ihre Nägel vergraben sich in meine Schultern, sie stöhnt lange - und meine Hand und mein Mund bewegen sich automatisch, während ihr Körper meinen Schwanz wohltuend umschließt. Ich stöhne gegen ihre Brust und fange dann an, im Takt der Liebkosungen zu stoßen.

Es ist so gut. Ihr Körper umarmt mich immer wieder, wenn ich in sie eindringe, meine Hüften pulsieren langsam... dann immer schneller. Ihre Beine verkrampfen sich um mich; ich muss mich anstrengen, ihre Klit immer und immer wieder zu berühren, aber ich schaffe es irgendwie.

Ihr Körper verkrampft sich, als sie ihren Höhepunkt erreicht; sie zieht ihre Fersen hoch - und stöhnt und keucht dann heftig, während ich die Kontrolle verliere und hart in sie eindringe. Ich höre ihre Stimme aus der Ferne und schreie vor Freude auf – anschließend erreiche ich auch meinen Höhepunkt.

Ich wache schweißgebadet und stöhnend auf und spüre, wie mein Schwanz so hart Samen ausstößt, dass es fast weh tut.

„*Cara*" Ich keuche, bevor ich mich zurückhalten kann. Meine Hüften schieben sich nach oben, und dann breche ich auf der Matratze zusammen, zitternd und bebend.

Oh, Baby, oh Schatz... ich vermisse dich so sehr.

Es ist zwanzig Jahre her, dass ich eine Frau angefasst habe. Mein Sexualtrieb ist nicht gerade in den Hintergrund getreten... aber ich habe seit Jahren keinen

vergleichbaren Traum mehr gehabt. Während ich mich aufraffe und duschen gehe, frage ich mich wieder: Wer ist sie, diese Frau, die meiner Frau ähnlich sieht?

4

BETHANY

„Sie haben also nicht einmal seinen Namen herausgefunden?"
Meine Therapeutin, Dr. Kaplan, beugt sich vor, ein überraschter Ausdruck auf ihrem Gesicht. Ihr West-Londoner Akzent verleiht ihren Worten einen leichten Hauch von Eleganz. Sie ist eine kleine indische Frau mit leuchtend schwarzen Augen, die oft von Heiterkeit erfüllt sind.

„Er verschwand, bevor ich eine klare Antwort aus ihm herausbekommen konnte. Ich fragte den Kerl, aber er tat so, als müsste ich es schon wissen. Aber ich schwöre, ich hätte mich an einen solchen Brocken erinnert, wenn ich ihn vorher getroffen hätte." Ich kann meine Wehleidigkeit nicht verbergen.

Ich habe das ganze Wochenende von ihm geträumt; das war der angenehmste Teil, da der Unfall alles andere durcheinandergebracht hat. Am Ende verbrachte ich die meiste Zeit des Wochenendes damit, die Reparaturen meines

Autos zu überwachen und mit dem Geld zu bezahlen, das ich für Lebensmittel und Skipässe ausgeben wollte.

Ich fuhr nach Hause und fragte mich immer noch, wer mein Retter war. Jetzt, wo ich mich an diesem sonnigen Bostoner Montag von den blauen Flecken erholt habe, geht er mir immer noch nicht aus dem Kopf.

„Die Wahrheit ist, dass er in einer Art... Trance zu sein schien. Ich kann es nicht einmal beschreiben. Er nannte mich sogar bei einem anderen Namen."

„Warten Sie. Er hat sich all die Mühe gemacht, Ihr Leben zu retten, weil er dachte, Sie wären jemand anderes? Das muss ein wenig enttäuschend gewesen sein". Sie zwinkerte neckisch und ich rollte mit den Augen.

„Vielleicht, aber einem geschenkten Gaul schaut man nicht ins Maul, wenn Sie wissen, was ich meine." Ich lächle schief... aber dann werde ich ernst. „Ich möchte ihn wirklich finden, Doktor. Ich möchte mich zumindest bedanken. Und wenn er sich als Single entpuppt..."

„Oho." Sie hebt ihre Augenbrauen. „Es ist ein bisschen früh, um nach dem Schlamassel mit Michael wieder anzufangen, meinen Sie nicht?"

Ich werde rot bis über beide Ohren. Sie hat Recht... aber auch nicht ganz.

„Michael kann mich mal. Ich möchte weitermachen."

„Die Wahrheit ist, dass wir uns seit Monaten gefühlsmäßig auseinanderentwickelt haben. Der Kerl wollte meine verdammte Wohnung einfach nicht verlassen." Ich verdrehte meine Lippen. „Und dann hat er unser Bett mit dieser Hure aus dem Club beschmutzt."

„Okay, das ist fair, und ich kann sehen, dass es Ihnen unter Ihren Fingernägeln brennt, nach einer besseren Erfahrung mit einem Mann zu jagen." Ihre Mundwinkel verkrümmen sich leicht. Sie ist länger glücklich verheiratet als ich auf der Welt bin; ich wünschte, ich würde ihr Geheimnis kennen. „Aber warum gerade dieser geheimnisvolle Mann?"

„Nun, es ist nicht nur Dankbarkeit. Und es ist nicht nur, weil er heiß ist. Obwohl er wirklich, *wirklich* heiß ist." Ich kichere leicht und wir blinzeln beide überrascht.

„Wow. Sie klingen zum ersten Mal nervös. Ist er *so* heiß?"

„Oh ja." Ich seufze und denke an ihn. „Riesige, mit Leben erfüllte Augen... er trug mich, als wäre ich eine Feder. Er roch sogar ganz gut."

Sie lacht leise. „Wissen Sie, Sie kamen mit der Geschichte eines schrecklichen Autounfalls zurück, der Ihren Urlaub ruiniert hat. Aber Sie scheinen nur über diesen Mann zu reden."

Das öffnet mir die Augen. *Wow, sie hat Recht.* „Ich... nun... der Unfall war wirklich beängstigend. Und ich hasste es, dass mein Wochenende ruiniert wurde, besonders nach der Scheiße, die Michael abgezogen hat. Aber..."

Sie faltet die Hände auf dem Schoß zusammen, während sie mir gegenübersitzt. „Lassen Sie sich Zeit."

„Als ich dachte, ich würde sterben, war dieser Mann für mich da. Als ich darauf wartete, dass mein Auto repariert und an mich übergeben wurde, half mir der Gedanke an ihn, das zu überstehen. Als ich Schmerzmittel nehmen musste, nur um einzuschlafen, träumte ich von ihm. Allein die Begegnung mit ihm verbesserte die Situation, und nicht nur, weil er mich gerettet hat."

„Das ist irgendwie erstaunlich." Sie schaut auf das Handy in meinen Händen. „Sie sagten, Sie hätten Bilder?"

„Ja, habe ich. Hier." Ich entsperre mein Handy, öffne sein Bild und zeige es ihr und sehe, wie sich ihre Augen leicht weiten.

Sie setzt sich zurück und blättert durch die drei Fotos, die ich gemacht habe. „Oh wow. Er ist ein bisschen alt für Sie, aber trotzdem. Lecker. Und kein Ehering zu sehen."

Ich werde wieder rot. „Ich ähm, habe das bemerkt."

Sie betrachtet die Fotos, nickt und gibt mir das Handy zurück. Sie sieht mir in die Augen und sagt: „Ich denke, Sie sollten versuchen herauszufinden, wer er ist."

Das überrascht mich völlig. „Warten Sie, wirklich?"

Sie nickt. „Definitiv. Ich habe Sie nicht mehr so lebhaft und glücklich gesehen, seit Sie Michael getroffen haben. Ich sage, finden Sie heraus, wer er ist, und wenn er aus der Gegend des Gore-Berges stammt, laden Sie ihn ein, Sie am nächsten Wochenende in der Lodge zu treffen."

Nächstes Wochenende. Die Rechnung für den Ersatz meines Autofensters und meiner Stoßstange hat mir einen großen Teil meiner Ersparnisse gekostet, und der Urlaub wird wieder einen weiteren erfordern. Aber wenn sie mich so bestimmend ansieht, denke ich wirklich darüber nach.

Ich habe gerade den faszinierendsten Mann getroffen, dem ich je begegnet bin. Er hat mir das Leben gerettet. Ich muss nur sein Bild finden - aber vielleicht reicht das. Ich bin schließlich eine Ermittlungs Reporterin, auch wenn ich noch keine große Erfahrung auf diesem Gebiet habe. Es ist meine Aufgabe, die Wahrheit herauszufinden.

„Ich lasse Sie wissen, wie ich mich entscheide", sage ich und sichere meine Antwort für den Fall ab, dass sich etwas ergibt. Aber ich weiß bereits, was ich tun will.

Als ich nach Hause komme, ist der Wartungstechniker gekommen und gegangen, um das zerbrochene Fenster und die beschädigte Wand zu ersetzen. Der Manager hat mir eine gekritzelte Notiz hinterlassen, in der er mich bittet, eine Kopie des neuen Schlüssels mitzubringen. Ich habe es auf meine To-Do-Liste für morgen gesetzt und schalte das Licht an, während ich hineingehe.

Meine Wohnung ist winzig, aber hübsch, ganz aus Hartholz, mit einer Wohnküche, einem grün-blau gefliesten kleinen Bad und einem Schlafzimmer. Mein Büro nimmt das Wohnzimmer ein, jetzt wo Michael weg ist. Das erste, was ich tat, nachdem er ins Gefängnis kam, war, das billige Sofa, auf dem er den größten Teil seines Lebens verbracht hatte, zu zerstören und seine Sachen seiner Mutter zu schicken.

Die Wohnung ist endlich wieder warm, das Fenster ist repariert. Ich dehne mich, spüre, wie meine heilenden Prellungen ein wenig schmerzen, schnappe mir dann einen Müllsack und beginne, im Haus nach weiteren Beweisen für Michaels Anwesenheit zu suchen. Die ganze Zeit denke ich an meinen geheimnisvollen Mann.

Ich packe den billigen Doseneintopf ein, den Michael so sehr mochte, und werfe ein Paar seiner Boxershorts, die ich unter meinem Bett finde, weg. Ich säubere seine Haare aus dem Abfluss und sauge jede Spur von ihm aus dem Teppich. Ich stelle sicher, dass er von meinen Filmverleihkonten entfernt ist und dass mein WLAN-Passwort geändert wird.

Ich denke die ganze Zeit nicht an Michael. Ich bin fertig mit ihm. Sein letzter Anruf liegt eine Woche zurück. Er verdient meine Aufmerksamkeit nicht mehr.

Ich denke dabei an den Mann, der mir das Leben gerettet hat, der mich Cara nannte und mich zärtlich umarmte und eine verklemmte Autotür in einem Ruck aufbrechen konnte. Ich frage mich, wie sein Kuss schmecken würde und wie sich sein Körper ohne all diese Kleider auf meinem anfühlen würde.

Ich säubere Michaels Reste aus dem Kühlschrank und putze die Wohnung zu Ende. Dann verbrenne ich Nag Champa-Weihrauch, um die Luft zu reinigen. Meine Stimmung hebt sich, als der süße, würzige Geruch mein Haus erfüllt.

Während ich an meinem Abendtee nippe, frage ich mich, wie mein geheimnisvoller Mann im Bett ist. Wahrscheinlich sehr sanft und zärtlich...am Anfang. Aber danach? *Wie ist der große, starke heiße Typ, wenn er die Kontrolle verliert?*

Das möchte ich wirklich herausfinden.

Ich übertrage die Bilder meines Retters von meinem Handy auf meinen Laptop und beginne mit der Bildsuche. Ich mache es mir mit meinem Tee und einer Schüssel Himbeeren bequem, entschlossen, so lange zu suchen, bis ich ihn finde.

...und dann finde ich ihn in den ersten fünf Minuten.

Treffen Sie Henry Frakes, den zurückgezogenen Milliardär des Staates New York

Henry Frakes ist kein sehr geselliger Mann. Es liegt nicht an den Leuten, beruhigt er mich sanft, während wir in seinem spektakulären Neun-Schlafzimmer-Haus in den Adirondacks Kaffee trinken. Er mag einfach seine Privatsphäre.

Frakes, der erst kürzlich in die Reihe der reichsten Männer New Yorks aufgenommen wurde, ist kein durchschnittlicher Milliardär. Abgesehen von seinem Haus, lebt er ruhig, wandert und fischt auf seinem Grundstück und reist gelegentlich ins Ausland. Er ist unverheiratet, seit er 1998 seine erste Frau bei einem Autounfall in der Nähe ihres Hauses verlor.

Frakes' Leidenschaft, abgesehen von seinen verschiedenen karitativen Aktivitäten, ist sein Zuhause, das letztes Jahr im *House Beautiful* vorgestellt wurde. Das restaurierte Jagdhaus aus der Gilded Age wurde vor fünfzehn Jahren zu einem persönlichen Projekt für ihn und seinen Onkel, und er hat nie aufgehört, es zu verbessern.

„Ich verbringe heutzutage mehr Zeit damit, es selbst in Ordnung zu bringen, anstatt Leute einzustellen. Ich habe

die Vertäfelung und die Regale in der Bibliothek gemacht und meinen Büroschreibtisch aus einem Teil eines Ringes von Eichenstümpfen gemacht. Die äußeren drei Ränder wurden roh und versiegelt gelassen. Ich bin ziemlich stolz darauf, wie sich das entwickelt hat."

Meine Augen weiten sich und verweilen auf dem einzelnen Foto. Er gestikuliert, während er mit dem Reporter spricht, sein Blick ist abwesend, so wie er bei mir war.

Dieser große, mutige, bescheidene Mann ist ein Milliardär. Ihm gehört das, was meine Tante „The Castle" nannte, ein riesiges Bauwerk, das die Autobahn auf dem Weg zum Gore Mountain überblickt. Es ist nur wenige Kilometer von der Lawinenstelle entfernt.

Fuhren Sie nach Hause, als die Lawine einschlug? War es die gleiche Strecke, auf die er seine Frau verloren hat? Was hat es bei Ihnen verursacht?

Wer bist du, Henry, außer einem reichen Witwer, der das Leben von Fremden rettet?

Aber ich weiß die Antwort: Er ist mein Held. Selbst wenn er sich für jemanden, den er zu kennen glaubte, so viel Mühe machte, wusste er überhaupt nicht, wer sich in meinem Auto befand, bis er die Tür aufbrach.

Er musste mich nicht kennen, um zu wissen, dass ich es verdiene, dass man mir hilft. Und das ist ein weiterer Grund, warum ich ihn besser kennenlernen muss.

„Verdammt", murmelte ich. „Warum kann die Welt nicht mehr Typen wie Henry und weniger wie diesen Trottel Michael haben?"

Wenn er im Schloss lebt und ein Einsiedler ist, dann wird er sehr wahrscheinlich zu Hause sein, wenn ich ihn besuche. Ich habe einige Zweifel: Was ist, wenn er

sich mit jemandem trifft? Was ist, wenn er wütend wird, dass ich seine Privatsphäre verletzt habe?

Ich bin plötzlich erschöpft und denke über alles nach. Ich bin schon ein paar Kilometer gelaufen und habe mein Yoga gemacht, aber meine Energie ist erschöpft. *Wahrscheinlich, weil ich immer noch heilen muss. Mist.*

Ich fülle meine Tasse Tee nach, als ich höre, dass mein Handy klingelt. Ich runzle die Stirn und drehe mich um, um es herauszunehmen. Unbekannte Nummer.

Ich zögere. Es könnte die Polizei sein, die eine Erklärung meiner Rolle in dem Unfall verlangt. Es könnte meine Versicherung sein. Oder es könnte Michael sein.

Ich riskiere es, während ich mich auf meinen Computerstuhl setze. „Hier spricht Bethany O'Shea."

„Oh hey, Babe! Du bist endlich drangegangen!" Michaels fröhliche Stimme sticht mir ins Ohr, und ich zucke vom Handy weg und schaue es an, als würde ich fast erwarten, dass er aus dem Bildschirm gekrochen kommt.

„Du verstößt wieder gegen das Kontaktverbot, Michael. Du weißt, dass ich nichts von dir hören will." *Arschloch.* Zumindest zieht er diesen Scheiß nicht persönlich durch. Aber ich bin immer noch so wütend darüber, dass ich in diesem Moment fast aufgelegt hätte.

„Scheiß auf das Kontaktverbot, Babe, ich weiß, du spielst nur die Unnahbare." Seine vorgetäuschte Fröhlichkeit wird größer, und alles, was mir im Moment einfällt, ist, noch einmal die Polizei zu rufen, bevor er auftaucht. Aber stattdessen bleibe ich konzentriert.

„Nein. Du hast mich betrogen, mich verbal missbraucht, einen Anfall bekommen, als ich dich rausgeworfen habe, mein Fenster zerbrochen, meine Wand beschädigt und mir dann ins Gesicht gespuckt.

„Ich will nie wieder was von dir hören. Ich will dich nie wiedersehen. Warum bist du so dumm und kapierst es nicht?" Meine Stimme zittert vor Wut. Das ist mir egal.

Er schweigt für einen Moment, und ich spüre einen Anflug von Hoffnung, dass er einfach auflegt. Aber dann lacht er wütend. „Okay, okay, ich verstehe. Du bist immer noch sauer auf mich. Du brauchst etwas Zeit, um runterzukommen. Du spielst die starke Frau. Ich verstehe."

Er wird es nie verstehen. Ich stoß einen tiefen Seufzer aus. „Du hast jede Chance auf Versöhnung zunichte gemacht, als du mich geschlagen hast. Deshalb bist du wegen Körperverletzung im Knast, deshalb hast du Hausverbot, ich habe die Schlösser ausgetauscht und die Schutzanordnung erhalten.

„Du bist an allem schuld, was passiert ist! Du wolltest deinen Arsch nicht hinhalten, also habe ich jemanden gefunden, der es getan hat! Dann wurdest du so zickig, dass du in die Schranken gewiesen werden musstest!" Seine Stimme wird lauter und schneller, bis er wie ein Verrückter in das Telefon schreit.

Ich habe zwei Sekunden lang Angst, und dann beiße ich die Zähne zusammen. *Nur ein Wutanfall von einem erwachsenen Baby.*

„Auf Wiedersehen, Michael. Ich rufe die Polizei wegen Belästigung an. Du gehst ins Gefängnis." Ich zittere. Eine Mischung aus Wut und Adrenalin überkommen mich, weil ich angeschrien wurde... aber plötzlich werde ich ruhiger, als sein wütender Schrei zu einem entsetzten Schrei wird.

„Nein!" Ich beende das Telefonat.

„Pfui Teufel." Ich lehne mich in meinem Stuhl zurück und rolle mit den Augen.

Ich brauche ein Nickerchen.

Aber zuerst muss ich drei Telefonate führen: mit der Polizei, mit meinem Therapeuten und mit der Lodge, um zu sehen, ob ich einen neuen Termin für den Aufenthalt buchen kann.

Ich gehe zurück zum Gore Mountain und werde Henry Frakes entsprechend dafür danken, dass er mir das Leben gerettet hat. Wenn ich die Chance bekomme, werde ich ihm den Kopf verdrehen.

Und Michael kann das ganze nächste Wochenende einfach an die Tür meiner leeren Wohnung klopfen, bis der Vermieter ihn wieder verhaftet.

5

HENRY

Ich weiß nicht, wie ich es schaffe, nicht nach der jungen geheimnisvollen Frau zu suchen, deren Leben ich gerettet habe, aber ich schaffe es. Ich weiß, dass mein Onkel Recht hat, wenn er sagt, dass ich mich nicht in diese Sache nicht reinsteigern soll. Er hat im Groben und Ganzen bei allem Recht – vor allem, was meine Gesundheit angeht.

Onkel Jack ist der einzige Mensch auf der Welt, dem ich was bedeute. Ich weiß, dass ein Grund dafür ist, dass ich uns beide aus der Armut geholt habe, und er ist der Meinung, er sei es mir schuldig. Aber ich bin auch das letzte Überbleibsel seines kleinen Bruders, das auf der Welt existiert.

Und letztendlich ist er einfach nur besorgt. Er ist einer von diesen Leuten. Deshalb hat er mich aufgenommen, nachdem Mama und Papa auf dieser Kreuzfahrt verschwunden waren, als ich sieben Jahre alt war, und deshalb muss er sich heutzutage mit mir rumschlagen.

Das ist auch der Grund, warum er mich davor gewarnt hat, einem College-Mädchen nachzujagen, das mich nicht mal wahrnimmt.

Eierseits mache ich mir Sorgen, dass ich bereits einen schlechten Eindruck hinterlassen habe, indem ich sie in einem fast bewusstlosen Zustand gerettet und sie mit dem falschen Namen angesprochen habe. Aber wenigstens habe ich sie da sicher rausgebracht. Ich denke, dass das mir wenigsten ein bisschen bei den Selbstzweifeln geholfen hat.

Dann erinnere ich mich daran, dass es keine Rolle spielt, denn ich werde sie nie wiedersehen.

Aber ich denke immer noch an sie. Und ich mache mir immer noch Sorgen über den Bluterguss um ihr Auge, der so verblasst ist, dass die Knöchel zu sehen sind. Aber ich werde nie die Gelegenheit haben, zu fragen, wer es wagte, sie anzurühren, also muss ich aufhören, darüber nachzudenken.

Stattdessen bin ich wieder in meiner Holzwerkstatt. Seit ich aus dem düsteren Internetverkaufsspiel ausgestiegen bin, habe ich mich hauptsächlich auf die Reparatur und Ausweitung der alten Gebäude auf meinem Grundstück konzentriert. Da ist das Jagdhaus, das Häuschen meines Onkels, das Bootshaus am kleinen See am Straßenrand, welcher aus einem Wasserfallbecken entspringt, und die überdachte Brücke zur Straße am anderen Ende.

Heute repariere ich ein altes Ruderboot inmitten des Gestanks von geschliffenem Holz und Spatenlack. Der Rauchabzug funktioniert heute einfach nicht mehr ganz, und nach einer Weile gehe ich nach draußen, um eine Verschnaufpause zu machen.

Die Kälte macht mich sofort wach. Große, kalte Frühlingsschneeflocken fallen durch die Weidenzweige. Der Boden ist so sehr getaut, dass die Schneeflocken einfach verschwinden, wenn sie auf das verrottete Laub treffen.

Ich seufze erleichtert beim Geruch von frischer Luft und schaue mich mit einem sanften, traurigen Lächeln auf meinem Grundstück um. Manchmal wünsche ich mir immer noch, dass ich außer meinem alternden Onkel jemanden hätte, mit dem ich all dies teilen könnte. Eine Frau, lebhaft und freundlich, die so gerne in meine Arme und mein Bett ging, wie Cara einst.

Aber dann lässt der Gedanke an Cara die Schuldgefühle wiederaufkommen. Ich drücke meine Augen zu und lehne mich an einen Baumstamm zurück und schüttle den Kopf. *Ich verdiene sowieso niemanden, nicht nach dem, was ich getan habe.* Oder versagt habe. Macht keinen Unterschied.

Das Geräusch eines herannahenden Motors erregt meine Aufmerksamkeit. Meine Ländereien liegen an einer Privatstraße und wir erwarten keine Gäste.

Post vielleicht oder eine Lieferung? Neugierig ziehe ich meine Staubmaske aus und gehe über den Rasen zum steilen Hang, der die Straße überblickt.

Ich schaue nach unten - und bin erschrocken, einen leicht ramponierten königsblauen Dodge zu sehen, der beim Fahren auf der Straße sehr vertraut aussieht. Meine Augen weiten sich, ich gehe vom Geländer weg und blinzle mehrmals. *Was zum Teufel? Das kann nicht sein!*

Ich schaue noch einmal. Doch.

Ich weiß nicht, wie die Frau mit Caras Gesicht mich gefunden hat. Aber mein dummes, rebellisches Herz schlägt sofort vor Freude.

Mein Onkel hat sich in seine Hütte zurückgezogen; ich höre das Geräusch seiner Bohrmaschine, während er an weiteren Frühbeeten arbeitet. *Gut,* denke ich, denn ich habe noch nicht wirklich den Wunsch, ihm dies zu erklären. Ich eile rüber zum Haus, um mich zu waschen.

Ich fühle mich wie ein Kind, das sein Date auf dem Abschlussball trifft, sich mehr als einmal in den verdammten Spiegel schaut und sich hastig ein Hemd anzieht. Als ich ihre Schritte in Richtung der Tür auf dem blauen Steinpfad draußen höre, beginnt mein Herz zu pochen.

Ihr Klopfen lässt mich aufspringen, obwohl ich einen Meter entfernt stehe und es erwarte. *Mein Gott. Beruhige dich, Henry.*

Ich halte meinen Atem für eine halbe Minute an, bevor ich die Tür öffne, um sie zu begrüßen.

Sie steht lächelnd da, sie scheint etwas nervös zu sein, die Glieder zusammengezogen. Sie trägt einen violetten Pullover und eine schwarze Strickmütze, die auf ihrem glänzenden Haar wie eine Krone sitzt und zu dem Pullover passt. Und das Beste daran ist, dass der Bluterguss aus ihrem Gesicht verschwunden ist.

„Hallo!" sagt sie. „Ich bin Bethany. Sie haben mir letzte Woche irgendwie das Leben gerettet und ich wollte mich bei Ihnen bedanken."

Ich blinzele sie an, weil ich nicht weiß, was ich darauf antworten soll. Ich weiß, dass ich nicht träume, aber das hilft meinem Gefühl der Desorientierung nicht. „Äh... ja. Ich meine, ich erkenne Sie wieder. Bitte, kommen Sie rein."

Ich trete zurück, um sie hereinzulassen, und sie bewegt sich ein wenig vorwärts und schaut sich mit sich stetig geweiteten Augen um. Mein Lächeln wird etwas weniger unbeholfen; ich liebe mein Zuhause, und auch wenn ich im Allgemeinen nicht viel Zeit mit Menschen verbringe, liebe ich es immer noch, es zu zeigen.

Der imposante Eingangsbereich hat einen eigenen Kamin und ist an den Rändern mit grünem Marmor gefliest, in der Mitte mit Holzparkett. Die Wände sind alle aus geschnitztem Holz, mit witzigen Regalen voller Fossilien und Gemälden von Wildtieren, von denen einige von meiner Mutter stammen.

„Ihr Anwesen ist beeindrucken", sagt sie leise. Sie dreht sich lächelnd zu mir um und es fühlt sich an, als ob die Sonne meine Haut erwärmt.

„Bethany", sage ich und verspüre einen seltsamen kleinen Freudenschub, weil ich ihren Namen kenne. „Wie haben Sie mich gefunden?"

„Ich mache ein Praktikum im Journalismus. Ich habe meine Ermittlungsfähigkeiten eingesetzt. Das und außerdem ist Ihr Haus berühmt. Ich bin in der Nähe aufgewachsen, daher wusste ich über das Schloss Bescheid. Ich kannte den Besitzer einfach noch nicht."

Ihr Lächeln zeigt Reue, während wir am Kamin stehen und uns aufwärmen. „Es tut mir leid, wenn ich bei unserem letzten Treffen ein wenig durcheinander war. Beschissene Umstände."

Ich kichere und strecke meine Finger zum Feuer. Ich war im vollen Flashback-Modus und sie entschuldigt sich für ihr Verhalten? „Das ist wahr. Und das ist okay. Ich war auch nicht ganz bei Sinnen."

Sie zieht ihre Augenbrauen zusammen, sie klingt besorgt. „Ja, das habe ich bemerkt. War alles okay?"

„Nun, nein, mein Auto hatte einen Totalschaden und löste jedes Sicherheitssystem aus, das mir das Leben rettete. Ich musste ein Fenster rausschlagen, um zu entfliehen. Ich war nicht wirklich verletzt, aber es war trotzdem ein Schock."

Sie blinkt langsam. „Heilige Scheiße. Das kann ich mir vorstellen. Sie schienen ziemlich benommen zu sein."

„Das bedeutet natürlich, dass ich noch dankbarer sein sollte, dass Sie mir geholfen haben. Sie haben selbst was durchgemacht." Sie klingt wirklich beeindruckt und das ruft eine Welle der Zufriedenheit in mir hervor.

„Es... war nicht das erste Mal, dass ich einen schweren Autounfall überlebt habe. Ich musste etwas für die anderen tun. Für Sie". Ich zögere. Ich weiß nicht, wie viel ich ihr erzählen soll.

Mit einer Geste zeige ich ihr den Weg durch den Flur zur Küche. „Haben Sie schon gegessen?"

Sie lächelt und schüttelt den Kopf.

Ich wärme ein paar der übrig gebliebenen Calzone im Ofen auf, während ich versuche nachzudenken, was ich sagen soll.

Letztendlich ist mir klar, dass ich es zwar vermeiden muss, zu viel auf einmal zu erzählen, aber ich muss ihr unbedingt die Wahrheit sagen.

Ich kann Cara nicht ins Gesicht lügen - und aus der Nähe sieht Bethany immer noch wie Cara aus. Nur ihr Duft ist anders; sie mag würzige, moschusartige, reichhaltige Düfte, während Cara Blumen gemocht hatte.

Ich kann nicht sagen, ob es die Gleichheit oder der Unterschied ist, der mich mehr anmacht.

„Ich habe einen Gesundheitszustand, der auf den ersten Unfall zurückzuführen ist", sage ich langsam. „Wenn Sie die Artikel über mich gelesen haben, ist Ihnen wahrscheinlich der Absturz bekannt, bei dem meine Frau ums Leben kam."

Sie nickt, ihre Augen sind erfüllt von Mitgefühl. Kein Mitleid; sie beobachtet mich aufmerksam und scheint an jedem meiner Worte interessiert zu sein. „Ich habe darüber gelesen. Ich wollte es nicht erwähnen."

„Nun, die Massenkarambolage durch die Lawine hat es irgendwie heraufbeschworen", sage ich ironisch. „Das war der Grund für meinen... Gemütszustand."

„Oh. Nun, das tut mir leid. Aber noch einmal: Ich freue mich über Ihre Hilfe. Ohne sie wäre ich jetzt vielleicht nicht mehr hier."

Der verwirrte Blick kehrt zurück, als sie zu mir aufschaut. „Haben Sie mich deshalb zuerst für jemand anderen gehalten?"

Ich blinzle, mein Herz rutscht mir in die Hose. Eindeutig eine Journalistin. Ohne einen Ausweg in Sicht, greife ich in meine

Tasche nach meiner Brieftasche und hole ein Foto von Cara heraus.

„Ja genau. Aber das Déjà-vu war nur ein Grund dafür." Ich gebe ihr das Foto und sehe, wie sich ihre Augen weiten. „Dies ist ein Bild meiner Frau eine Woche vor ihrem Tod."

Sie schaut es an, dann wieder zu mir zurück und der Groschen fällt. „Oh mein Gott."

6

BETHANY

Er sagt, ich soll ihn Henry nennen. Er erklärt, dass er mich in seiner Benommenheit mit seiner toten Frau verwechselt hat. Dann beweist er es mir, und meine Anziehung für ihn nimmt unglaubliche Ausmaße an.

Ich starre die lächelnde, tote Fremde auf dem Foto an, und erkenne mich in ihr wieder. Cara Frakes war mir so ähnlich, dass sie meine ältere Schwester hätte sein können. Verdammt, sie hätte mein Zwilling sein können, wären da nicht die Gesichtsform und die Augenringe unter den Augen.

Das ist einfach verrückt. Der arme Kerl muss sich die ganze Zeit Vorwürfe machen. „War sie... von hier?" Ich frage behutsam, meine Stimme ein mit Unglauben erfüllt.

„Geboren und aufgewachsen in den Adirondacks. Hast du... Hast du Cousinen, die dir ähnlich sehen?" Er schluckt, und als ich zu ihm aufschaue, sehe ich, wie beunruhigt er ist.

Natürlich. Das muss für ihn ein wundes Thema sein. „Vielleicht. Die ganze Familie meiner Mutter ist von hier."

„Nun", sagt er mit einer ruhigen und warmen Stimme, „sie ziehen einige schöne Frauen in den Adirondacks groß."

Ich erröte, während ich ihm das Foto zurückgebe. Ich bin wirklich froh über den kleinen Flirt. Das ist einfach zu seltsam. „Nun, vielen Dank. Jetzt schon zum zweiten Mal."

Seine Augen funkeln. „Kein Problem."

Er bringt mir eine getoastete Calzone zusammen mit einer Tasse Kaffee und holt sich dann seine eigene. Die Platte des Bauerntischs, an dem ich sitze, ist aus einem Hektar heller Eiche gemacht und die Tischbeine sind so dünn wie meine Waden. Er scheint große, alte, robuste Möbel und Dekorationen zu lieben, die selbst den schönsten Gemälden oder Glasmalereien einen maskulinen Hauch verleihen.

Das ist er in jeglicher Hinsicht. Anscheinend hat er fast alles hier drin selbst gemacht oder renoviert. Alles scheint bei ihm ein Thema zu sein: Rettung der Verletzten, Reparatur von etwas Defektem. Das Problem ist... er scheint selbst ein wenig gebrochen zu sein.

Wir essen ein paar Minuten lang ohne was zu sagen. Ich versuche, mich an das letzte Mal zu erinnern, bei dem ich mit einem Mann gegessen habe, aber es gelingt mir nicht. Aber anstatt mich angewidert oder nörgelnd anzuschauen, lächelt Henry mich nur ab und zu wehmütig an, wenn er isst, als hätte er den ganzen Tag in der Kälte gearbeitet.

„Du machst also ein Praktikum als Journalistin? Wo?" Er wischt seinen Mund mit einer Serviette ab, seine großen Hände bewegen sich nahezu graziös.

„Die Times". Ich versuche, das stolze Lächeln zu unterdrücken, als er seine Augenbrauen hochzieht. Ich wollte es umherposaunen, als ich das Praktikum bekam, aber gerade jetzt, vor diesem reichen, aber bescheidenen Mann, fühle ich mich verpflichtet, meine Leistungen herunterzuspielen.

„Wow. Warte, und du bist wie alt?"

Ich laufe rot an. „Ich bin neunzehn." Ist das legal? „Ich habe die High School mit sechzehn Jahren abgeschlossen, das Junior College achtzehn Monate später und bin mit dem Hauptfach Kommunikation und dem Praktikum in Cornell. Ich habe auch einen lokalen Nachrichten-Blog."

„Das sind eine Menge Errungenschaften. Und ich sollte mich auf sie konzentrieren, und nicht auf die Tatsache, dass du neunzehn bist, sondern äh..." Er lässt ein unbeholfenes Lachen los. „Verdammt. Ich schätze, das macht mich zu einem perversen alten Mann", murmelt er und ich kichere und entspanne mich etwas.

Die Calzone ist reichhaltig und sättigend, perfekt nach einer langen, kalten Fahrt. Er mag starken Kaffee. „Ich wollte nicht aufdringlich erscheinen, indem ich ungebeten auftauchte, okay?", sage ich, während ich einen Bissen runterschluckte.

Wahrscheinlich habe ich das. Aber ich sollte das Thema ansprechen, anstatt es angesichts einer so seltsamen Situation einfach nur auf sich beruhen zu lassen.

„Nun... ich habe nicht viele Gäste. Mein Onkel kommt jeden Tag für eine Weile aus seinem Häuschen, und wir haben Mitarbeiter, die ein paar Mal in der Woche kommen, um den Ort und vor allem die Gärten zu pflegen. Er grinst leicht. „Nicht, dass es da draußen nicht viel zu sehen gäbe."

„Das ist okay, ich bin nicht hier, um darüber zu berichten, wie spät der Frühling dieses Jahr kommt. Obwohl es ziemlich verrückt ist." Der Smalltalk klingt bescheuert und ich schüttle den Kopf. „Es tut mir leid."

„Was tut dir leid?" Er wirft mir einen neugierigen Blick zu, als er noch einen Happen Calzone isst.

„Dieses...Bild. Deine Frau." Cara Frakes starb vor zwanzig Jahren, ein Jahr vor meiner Geburt. Aber dieses Foto sieht so aus, als wäre es gestern von mir gemacht worden.

Er presst die Lippen zusammen und schaut aus dem Fenster. „Es war nicht leicht. Die Wahrheit ist, dass ich froh bin, dass du gekommen bist. Die Art, wie ich mich verhielt, muss sehr verwirrend gewesen sein, und ich..."

„Hey", wendete ich ein, weil ich sah, wie er plötzlich traurig wurde. Ich habe mich noch mehr in ihn verliebt, als ich von seinem traurigen Geheimnis und dem Mysterium erfahren habe, welches ihn umgibt. Die Verwundbarkeit dieses gutaussehenden, mächtigen, älteren Mannes macht ihn nahbar... und die seltsamen Umstände machen ihn noch interessanter.

Er schaut auf, und ich atme tief ein und denke weiter drüber nach. „Es ist in Ordnung. Jeder trägt eine Last mit sich. Ich bin keine Ausnahme."

Er lächelt ... aber dann scannen seine Augen wieder mein Gesicht. „Ja, ich äh... ich habe den Bluterguss in deinem Gesicht bemerkt. Er war doch nicht vom Absturz, oder?"

Ich erstarre. Scheiße. Ich wusste nicht, dass er sich in seiner Benommenheit noch an jedes Detail meines Gesichts erinnern würde. Einschließlich des Zeichens, das Michael hinterlassen hat.

„Ich hatte einen Freund. Er musste gehen. Er wurde gewalttätig, als ich ihn rausgeschmissen habe. Er ist jetzt der Grund, weshalb ich am Wochenende die Stadt verlassen habe." Ich öffne mich so schnell, als ob ich versuche, sein unangenehmes Geheimnis zu kennenzulernen, indem ich mein eigenes mit ihm teile.

Seine Reaktion erschreckt mich. Er zeigt nicht nur Mitgefühl, er setzt seine Gabel ab, erstarrt und eine Wut überkommt ihn plötzlich. „Verdammt, ich hasse solche Typen. Ist er im Gefängnis?"

„Ja, aber seine Mutter holt ihn immer auf Kaution raus, wenn er Mist baut. Er ruft mich immer wieder von verschiedenen Telefonnummern aus an, taucht immer wieder vor meiner Tür auf, die ganze Zeit." Ich setze ein gezwungenes Lächeln auf - und bin erstaunt über seinen traurigen Gesichtsausdruck.

„Ich nehme an, er ist der Typ, der Schutzanordnungen ignoriert", seufzt Henry und ich nicke.

„Du hast richtig geraten." Ich schaue in meine Kaffeetasse und fühle mich plötzlich viel zu nüchtern für dieses Gespräch. „Hast du irgendwelchen Whisky, den wir in diesen Kaffee tun können?"

Er hebt eine Augenbraue. „Du bist plötzlich 21 Jahre alt geworden, während ich nicht hinsah?"

Ich beobachte ihn. „Letzte Woche schlug Michael mir ins Gesicht. Als ich dann entkam, wäre ich fast in einer Lawine gestorben, und du musstest mich retten. Heute stelle ich fest, dass ich der virtuelle Zwilling deiner verstorbenen Frau bin." Dann erweiche ich und bereite mich vor.

Soll ich es tun? Ich tue es. Ich bin es leid, so schüchtern zu sein, dass ich nie das bekomme, was ich will. „Was besonders unangenehm ist, denn einer der Gründe, warum ich hierherkam, ist, weil ich herausfinden wollte, ob du noch Single bist."

Er blinzelt, als ob ich gerade rübergegriffen hätte und ihn an der Nase angefasst hätte, und steht dann von seinem Stuhl auf. „Ich hole die Flasche Baileys."

„Machen wir einen Deal. Ich erzähle dir meine Geschichte, und du erzählst mir deine, und vielleicht können wir uns überlegen, wie wir mit all dem merkwürdigen Mist, der passiert ist, umgehen können." Er gibt einen Schuss Baileys in meinen Kaffee und macht dasselbe bei sich.

„Okay, schieß los." Ich traue mich nicht, ihm zu sagen, dass ich außer dem gelegentlichen Bier nicht viel Erfahrung mit Alkohol habe. Aber ich kann einfach nicht mehr an Michael denken, und Henry will wissen, was los ist.

„Ich stamme aus einer Arbeiterfamilie aus Buffalo. Mein Vater war Lkw-Fahrer, meine Mutter Lehrerin. Mein Onkel nahm mich nach ihrem Tod auf und zog mich auf."

„Cara war meine Highschool-Liebe. Ich war verrückt nach ihr. Ich wollte mein Bestes tun, damit ich ihr ein guter Ehemann sein konnte. Also fing ich mit dem Online-Verkauf und -Ankauf an. Das einzige Problem war, dass das meiste, was ich am Ende kaufte und verkaufte, von einem Lieferwagen fiel oder aus einem Lagerhaus gestohlen wurde.

Ich starre ihn an, fassungslos über dieses plötzliche Geständnis. Im Grunde genommen erzählt er mir, dass er früher illegale Geschäfte betrieben hat. Es ist mehr als nur ein Schock - es ist illegal. Und ich weiß, dass er mir seine Geheimnisse nur anvertraut, weil ich seiner toten Frau ähnlich sehe.

„Wie hast du das herausgefunden?" Jetzt kommt die Reporterin in mir zum Vorschein, meine Neugier treibt mich dazu, tiefer zu graben, anstatt ihm zu sagen, dass er mir, einem Fremden, zu viele Informationen gibt.

„Ich wurde gebeten, eine große Anzahl von Diamanten nachschleifen und verkaufen zu lassen, und der Lieferant und ich würden den Gewinn teilen. Mir war nicht klar, dass die Antwerpener Diamantenbörse gerade von einem massiven Raubüberfall betroffen war. Aber ich habe zwei und zwei zusammengezählt."

„Ich hatte bereits genug getan, um all die legitimen Investitionen zu finanzieren, die ich für unsere Unterstützung benötigen würde. Also beschloss ich, mich aus dem Geschäft zurückzuziehen und Cara als ehrlicher Mann gegenüberzutreten. Wir waren eigentlich sehr jung - neunzehn Jahre alt, und meine wilden Jahre waren vorbei." Er schaut wehmütig aus dem Fenster und nippt an seinem Getränk.

„Aber Cara war sehr klug, so wie du. Ihr entging nichts. Sie fand heraus, dass meine Geschichten darüber, wie ich mein Geld verdient habe, nicht stimmten." Er gesteht alles, es ist kaum auszuhalten, und ich schlucke meinen Kaffee und spüre, wie der Alkohol mich von innen wärmt.

„Sie hat die Wahrheit herausgefunden und sich über dich geärgert?" Ich frage mich, ob ich das auch tun würde. Ich kann durchaus verstehen, dass man in seiner Not einige dubiose Dinge tut. Ich gehöre auch dazu. Aber wenn man eine Art illegalen Handel online betreibt, ist das selbst für meine Verhältnisse ein bisschen wild.

„Wütend. Sie wollte mir tagelang nicht sagen, was los war, und dann überraschte sie mich damit, als sie auf der letzten Etappe einer langen Fahrt nach Hause damit loslegte." Er leert seine Tasse, füllt sie zu drei Vierteln mit Kaffee aus der Karaffe auf und den Rest mit Baileys.

„Was geschah dann?" Ich glaube ich weiß es und es verdreht mir den Magen, auch wenn ich mich nach dem wohligen Gefühl, verursacht durch den Baileys sehne.

„Sie ist gestorben", murmelt er und verkrampft. „Wir stritten uns, ich wurde abgelenkt, ein betrunkener Fahrer trieb auf unsere Spur, und als ich ihn sah, konnte ich auf der vereisten Straße nicht rechtzeitig anhalten. Sie, äh, war nicht... angeschnallt."

Dann kann ich nicht anders. Ich greife hinüber und lege meine viel kleinere Hand über seine. „Es tut mir leid. Das klingt furchtbar."

„Das ist es, ja", stimmt er zu. „Und es ist nicht deine Schuld, dass die Art und Weise, wie wir uns getroffen haben, all das aufgewühlt hat."

„Es ist immer noch verdammt seltsam", murmelte ich und er nickte. Ich frage mich, ob uns das nicht daran hindert, irgendetwas füreinander zu empfinden. Es könnte zu schmerzhaft für ihn sein. Und für mich?

Wie werde ich jemals sicher wissen, dass er mich will, und nicht mich als Ersatz für... sie?

Diese plötzliche, dringende Frage beunruhigt mich... aber das ändert nichts daran, dass ich mich weiterhin zu Henry hingezogen fühle. Ich bin zu weit gegangen, auch wenn mir klar ist, wie verkorkst das ist.

„Ich glaube, ich hätte gerne einen zweiten Drink", sage ich leise.

Er schaut auf meine Tasse und dann auf die Flasche. „Bist du sicher?"

Ich denke darüber nach, die Geschichte mit Michael hinter mir zu lassen und nach dem Motto „Eine Hand wäscht die andere" zu leben. Ich zucke zusammen und nicke. „Oh ja."

7

HENRY

Keine zwei Stunden später trage ich die arme Bethany ins Bett.

Es sind zwei Stunden voller Spaß. Wir sprechen über ihren verrückten Ex, seine bisherigen Mätzchen und wie sie gestern dem Sicherheitsdienst bei der Arbeit von ihm erzählen musste. Wie hartnäckig er ist; wie er ausflippt und er scheint nicht einmal zu verstehen, dass er ihre Beziehung bereits selbst kaputt gemacht hat.

Mitten in unserem Gespräch piepst ihr Telefon, und sie schaut nach. Mehrere Nachrichten von einer fremden Nummer. Sie hört die ersten zwei Sekunden einer Nachricht, zuckt zusammen und schaltet ihr Telefon aus. „Er ist es, er ist aus dem Gefängnis entlassen worden und hat gerade gesagt, dass er vorbeikommt."

„Weiß er, in welchem Hotel du übernachtest?" Ich versuche, meine Stimme ruhig zu halten, und ignoriere den Drang, diesen elenden Jungen zu finden und ihn so lange zu schlagen, bis er zustimmt, Bethany für immer in Ruhe zu lassen.

„Nein...nein." Sie schiebt ihr Haar aus den leicht geröteten Augen. „Er weiß nicht, dass ich nicht in der Stadt bin."

„Gut." Ich verschränke meine Arme. „Dann bist du vorerst sicher. Er kann das ganze verdammte Wochenende vor deiner Tür sitzen, während du Baileys und Kaffee trinkst und Ski fährst."

Sie lächelt zögerlich und steckt ihr Handy wieder in die Tasche. „Vielleicht habe ich Glück und er erfriert."

„Das ist die richtige Einstellung!"

Erschöpft und betrunken von zu viel Baileys nickt sie immer wieder auf meiner Couch ein, während wir über unser Leben und unsere Interessen sprechen. Ich schaue sie einmal an und bestehe darauf, dass sie das freie Zimmer nimmt, anstatt nach Hause zu fahren. Ich ignoriere die Tatsache, dass ich bei dem Gedanken, dass sie unter demselben Dach wie ich schlafen wird, plötzlich einen Steifen bekomme.

Also trage ich sie ins Bett und necke sie sanft wegen ihrer mangelnden Alkoholtoleranz, während sie errötet und schläfrig kichert. Sie ist bezaubernd, und mein Penis ist steinhart. Aber sie ist auch zu nahe an einem Betrunkenen und einem jungen Fremden, und die Dinge zwischen uns sind... kompliziert.

Ich decke sie zu, anstatt mich zu ihr zu legen, und widersetze mich dem Drang, ihr einen Gute Nacht Kuss zu geben, während sie sich anbietet. Aber es kostet mich meine ganze Selbstbeherrschung.

Ich werde das Richtige tun, verdammt noch mal, auch wenn mir die Eier dabei wehtun. Was sie auch tun. Aber es macht mir nichts aus; die Frustration erinnert mich daran, dass ich ein

Mann bin, mit einem Drang, dem es eine große Freude wäre, ihn endlich zu befriedigen.

Mein Onkel macht sich überraschenderweise die ganze Nacht rar. Ich glaube, er weiß, dass ich jemanden zu Besuch habe, obwohl er mit seinem Verdacht wahrscheinlich meilenweit von der Wahrheit entfernt ist. Es wird mir eine höllische Freude sein, ihm das zu erklären, denke ich während ich genug Wasser trinke, um den Baileys zu überspielen und mich für das Bett vorzubereiten.

Es erfordert meine ganze Willensstärke, nicht zurückzugehen und Bethany beim Schlafen zuzusehen. Die Sehnsucht ist ganz natürlich; ich bin mit diesem Gesicht zwei kostbare Jahre lang eingeschlafen. Aber dieses Gesicht gehört jetzt einem neuen Freund, nicht einem alten Liebhaber.

Ich gehe stattdessen entschlossen direkt schlafen.

„Cara? Cara, geht es dir gut?"

Wir stehen auf unserer Seite in einem Graben. Ich habe nicht mehr mitgezählt, wie oft wir versucht haben, diesem verdammten betrunkenen Fahrer auszuweichen. Ich bin verletzt und mir ist schwindelig, aber mein Sicherheitsgurt hat gehalten.

Cara hasst jedoch Sicherheitsgurte, seit sie schwanger ist. Sie sagt, sie reiben an ihren zarten Brüsten und reiben sie wund. Jetzt ist sie gegen das zerbrochene Armaturenbrett zusammengesunken, kleine Glasscherben um sie herum.

Sie bewegt sich nicht. Nicht einen Zentimeter. Ich greife rüber, bürste ihr das zerbrochene Glas vom Rücken und berühre etwas Klebriges. Blut. Nicht fließendes Blut... getrocknetes

Blut. Ihr Körper fühlt sich unter meiner Hand hart und unecht an.

„Cara?!?"

Die Panik in mir steigt auf und ich fühle mich immer hilfloser, als ich ihren Puls suche und nichts spüre. Ich ziehe sie nach hinten und versuche, sie wiederzubeleben - und schaue in ihr blutiges Gesicht und ihre starren Augen.

„Cara... nein, Baby. Nein. Komm schon, bitte...nein..."

Mein Betteln verwandelt sich in Weinen und Bitten, und Weinen und Bitten wird zum Schreien. Ich wecke mich durch mein Schreien selbst auf, mit Tränen in den Augen und einem trockenen Hals und kaltem Herz.

Fünfzehn Sekunden später knallt meine Tür plötzlich auf. Ich erwarte meinen Onkel, aber stattdessen eilt eine kleinere, kurvige Gestalt herein und schließt die Tür hinter sich. Ich rieche Moschusparfüm, als sie sich nähert. „Hey", kommt eine besorgte Stimme aus dem Dunkeln. „Geht es dir gut?"

In diesem Moment fühle ich mich wie ein verängstigtes Kind. Der Moment, in dem ich Cara verlor, hallt in meinem Kopf immer noch wie ein Schuss. Ich lege meine Arme um die Frau, die an meinem Bett steht und vergrabe mein Gesicht in ihrem Bauch.

Sie steht einen Moment lang still, und dann legt sie ihre Arme um mich. „Hey, es ist okay", murmelt sie beruhigend, während ich mich an meiner Liebe festhalte. „Es ist okay."

Das ist Bethany, ich erinnere mich schwach, als ich mich mit meinem Gesicht an ihren weichen, warmen Körper schmiege.

Aber mein eigener Körper reagiert trotzdem. Ich entspanne mich, während sie über mein Haar streichelt. Eine Welle der Begierde durchströmt mich, die die Dunkelheit in mir durch eine Fackel, die angezündet wird, erhellt.

Ich greife ihre Hüften und ziehe sie näher heran.

8

BETHANY

Ich keuche leicht, als Henry mich zu sich heranzieht. Es sieht so sehr nach einer verzweifelten Geste aus, dass ich für einen kurzen Moment befürchte, dass er halb wach ist und mich wieder für seine Frau hält. Ich möchte, dass er mich umarmt - nicht sie - und ich zittere und umarme ihn fester. „Ich bin es, Bethany. Geht es dir gut?"

„Déjà-vu", sagt er, und ich nicke und umarme ihn. Er scheint bei Bewusstsein zu sein, aber ich bin mir nicht sicher.

Nach einigen Augenblicken entspanne ich mich und kuschle mich in sein Haar, atme seinen Holzrauch- und Kaffeeduft ein und spüre den männlichen Geruch seines Schweißes. Ich wollte schon seit über einer Woche in seinen Armen sein... aber nicht so. Es fühlt sich irgendwie so unecht an, seine starken Arme um mich zu haben, und mich überkommen leichte Schuldgefühle.

Er hält sich eine Minute lang an mir fest, schüttelt sich aus, und dann entspannt er seinen Griff und hebt den Kopf. Im Licht des Flurs kann ich die schwach leuchtenden Konturen seines Gesichts sehen, aber ich kann seinen Gesichtsausdruck nicht erkennen. Dann nimmt seine starke Hand meinen Hinterkopf und greift meinen Pferdeschwanz mit einer sanften Härte, die mir ein Kribbeln verpasst.

„Jetzt geht es mir gut", murmelt er, der zittrige, abwesende Ton ist weg. „Jetzt, wo du hier bist."

Seine sanfte Stimme bringt mich zum Schmelzen.

„Und was machen wir jetzt...?" Ich murmle, als ich zu ihm aufschaue.

„Mir fallen da ein paar Dinge ein", sagt er leise, während er sich eng an mich lehnt, das letzte Wort, das mir direkt in den Mund gelegt wird.

Wir küssen uns. Ein Blitz durchfährt meinen Körper, meine Brustwarzen werden steif und mein Herz schlägt plötzlich schneller. Es fühlt sich so gut an; sein heißer Atem macht mich fast ohnmächtig. Seine mächtigen Arme halten mich sicher an ihm fest; er schaukelt mich und kontrolliert mich gleichzeitig.

Meine Antwort ist gewagt; gewagter als ich es gewohnt bin. Aber ich werde auf keinen Fall kneifen und meine Chance verpassen. Ich möchte den Geschmack von Michael aus meinem Mund und das Gefühl von ihm aus meinem Körper entfernen. Und wenn der schärfste Mann, den ich je getroffen habe, sich freiwillig anbietet...

Ich ziehe mir die Spaghetti-Träger meines dunkelblauen Seidennachthemdes von den Schultern und lasse das Kleid langsam an meinem Körper heruntergleiten, während sich seine Augen vor Freude überraschend weiten. „Ich auch", atme ich und versuche zu ignorieren, wie mein Herz in meiner Brust pocht.

Fick dich, Michael. So bekomme ich meine Rache. Indem ich einen tollen Typen in seinem Schloss vögel, während du dir auf meiner Veranda oder in einer Gefängniszelle den Arsch abfrierst. Ich werde dich komplett vergessen, Michael, besonders wie durchschnittlich du im Bett warst. Ich werde diese Erinnerungen durch ihn ersetzen.

Henry zieht mich zu sich unter die warme, sanfte Decke und ich lasse es zu. Ich sehne mich nach seiner Berührung.

Sein muskulöser Körper zittert leicht, als ich mich über ihn lege. Ich spüre, wie sich seine Erektion durch seine dünne Seidenschlafhose in meinen Bauch gräbt. Ich schlinge meine Arme um ihn und lege meinen Kopf auf seine Schulter. Ein wohliges Gefühl der Zufriedenheit und Sicherheit vermischen sich, das Verlangen nach ihm wird immer größer.

Ich drücke meine Brüste gegen seine kräftige Brust und spüre, wie sein Herzschlag schneller wird. „Ich habe auch nur Scheiße geträumt", murmelte ich gegen sein Gesicht. „Lasst uns einander ablenken."

Wir küssen uns, langsam und vorsichtig, während eine seiner Hände meinen Kopf berührt und die andere mich hastig erforscht. Seine warme, kräftige Hand streichelt über meine Haut und schafft es, mich zu beruhigen, und meine Haut kribbelt vor Erregung. Ich fühle, wie sich meine Brustwarzen an seiner Brust versteifen, und reibe meinen Körper sinnlich an ihm, während er ein leises Stöhnen ausstößt.

„Bethany", murmelt er anbetend, und der Klang meines Namens beruhigt mich und macht mich noch mehr an. Dann erforscht er mich mit seinen beiden Händen, und ich schmelze dahin, fahre ihm mit den Händen durch die Haare, während er beginnt, meinen Nacken zu küssen.

Die Art, wie er zittert, wenn wir uns gegenseitig streicheln, zeigt, dass er mich genauso sehr will wie ich ihn. Aber trotzdem lässt er sich Zeit. Ich spüre seine Finger überall: sie gleiten meinen Rücken entlang, berühren meinen Hintern und meine Oberschenkelinnenseite.

Er weiß genau, wie er seine Hände einsetzt und er achtet darauf, dass er die Stellen streichelt die mich erregen, anstatt gierig nach dem zu greifen was ihn am meisten interessiert. Seine Daumen streicheln über meine Brustwarzen, zeichnen die Linien meines Halses und die Kurven meines Hinterns nach; dann werden seine Küsse intensiver und er beginnt auch seine Zunge zu benutzen.

Er setzt sich auf, während ich auf seinem Schoß sitze, beugt mich nach hinten, während er mit seiner Zunge über meine Brust hin und her bewegt. Es erregt mich. Dann beginnt er, seine Zungenspitze über meine Brust zu bewegen: Er dreht sie langsam nach innen, lässt sich Zeit, während ich anfange zu zittern und zu hecheln.

„Hör nicht auf", flüstere ich, und er schaut zu mir mit einem begehrenden Blick auf.

„Nur wenn du nett danach fragst", sagt er, und ich spüre es bis in die Zehenspitzen.

Ich bin es nicht gewohnt, mich beim Sex zu vergnügen. Er muss das herausgefunden haben. Die Art und Weise, wie ich meine Bewegungen oder Geräusche nicht kontrollieren kann; das Keuchen und Wimmern bei jeder neuen Liebkosung.

Sex war für mich im besten Fall eine nette Sache, die ich für jemand anderen getan habe; im schlimmsten Fall eine demütigende Aufgabe. Jetzt will ich es, auf eine ungewohnte, egoistische Art und Weise.

Er beugt mich ein wenig weiter zurück und saugt an einem meiner Nippel. Ich werde fast ohnmächtig. „Ah!" stöhne ich und er saugt daraufhin noch fester an meinem Nippel.

Ich bin machtlos. Ich winde mich; mein Kopf fällt zurück, und meine Hände flattern in der Luft an seinen Schultern, während er gierig an mir saugt. Ich kämpfe darum, sein Gesicht nicht von meiner Brust wegzudrücken, aber es fühlt sich zu gut an... ich halte es nicht mehr aus.

Er nimmt plötzlich meine Handgelenke; ich kämpfe reflexartig dagegen an, als er anfängt, seine Zunge gegen meine eingeklemmte Brustwarze hin und her zu bewegen. Ich möchte mich aus seinem Griff rausreißen, Wut und Dankbarkeit vermischen sich mit meiner Lust, während er mich zwingt, das Vergnügen zu akzeptieren. Meine Muschi wird feucht und kribbelt, während er mich festhält - bis ich zu erregt bin, um dagegen anzukämpfen.

Ich höre, wie er anfängt, gegen meine Brust zu hecheln und zu stöhnen, und stelle fest, dass ich meine Muschi jedes Mal, wenn er an meiner Brustwarze zieht, langsam an ihm reibe. Die Bewegung reibt seine Seidenhose gegen seinen Schwanz.

Ich grinse, meine Hände senken sich auf seinen Schultern, um mich abzustützen, während er mich loslässt. Dann drücke ich und reibe meine Muschi noch fester gegen seine Hose.

Er zieht so stark, dass es schon fast wehtut; mein Körper verkrampft sich, und ich heule auf. Seine Hände kneten jetzt meinen Hintern, er gräbt seine Finger ein und ich reibe mich noch schneller an ihm. Er lässt meine Brustwarze los und beißt sich in der anderen fest, wodurch ich noch heftiger an ihm reibe.

Ich verspüre ein großes Verlangen nach seinem Schwanz. Das ist kein Gefühl, das ich gewohnt bin; ich kann mich nicht erinnern, wann ich das letzte Mal so sehr wollte, dass mich ein Mann hart durchfickt. Aber jetzt ist das Verlangen nach ihm unausstehlich.

Eine seiner Hände wandert über meine Hüfte und greift dann um, um meine Muschi fest zu reiben. Ich keuche, reibe dadurch noch stärker und drücke meine geschwollene Klit gegen seine Handfläche. Er fängt an, mich zu fingern, und mit jeder Bewegung werde ich noch geiler.

Meine Zehen krümmen sich, mein Rücken wölbt sich, und mein Kopf fällt nach hinten, während ich nach Luft ringe. Ich habe noch nie in meinem Leben so viel Freude empfunden, und ich weiß, dass er mich festhält und mich dazu bringt, es zu genießen, während ich dagegen ankämpfe.

Die Idee gefällt mir. Schüchternheit und Unerfahrenheit bringt nichts. Auch die Angst, die Kontrolle zu verlieren und mich selbst zu demütigen, bringt nichts. Seine Hand, seine Zunge, sein Wille - er wird es mir besorgen, auch wenn ich dagegen ankämpfe.

Oh ja. Hör nicht auf. Fick mich... lass mich meine Schüchternheit vergessen... bring mich zum Schreien.

Mir wird heiß, der Schweiß sammelt sich auf meiner Haut, und ich bin kurz davor zu kommen. Meine Brustwarzen schmerzen; stattdessen saugt und beißt er jetzt an meinem Hals.

Er schiebt einen Finger zwischen meine Schamlippen und beginnt, meine Klit zu streicheln; ich verkrampfe mich, mein Herz schlägt schneller, während meine Muschi schmerzt und sich verkrampft. Meine Hüften bewegen sich schneller, was ihn aufstöhnen lässt.

„Ich will...“ Ich wimmere. „Ich will... dich...“

Er stöhnt erneut und hebt dann den Kopf. „Bettkasten...Schublade. Kondome.“

Nun, das ist seine Verantwortung.

Ich setze mich auf meine Knie, damit er seine Schlafhose ausziehen kann. Er reißt sie eifrig herunter – und ich bin schockiert darüber, was ich anblicke. Wow.

Ich schaue auf den größten, dicksten Schwanz, den ich in meinem Leben je gesehen habe, und stelle fest, dass ich vielleicht überschätzt habe, wie viel ich verkraften kann. Heilige Scheiße, das ist ein ernstzunehmendes Werkzeug. Ich kann nicht einmal eine Hand um ihn herum legen; ein wenig eingeschüchtert fühle ich, dass sich Zweifel mit meiner Lust vermischen... und dann werde ich erneut fast ohnmächtig, als ich ihn streichle, und er zittert und lässt ein Stöhnen heraus.

Groß, aber empfindlich. Ich könnte den ganzen Tag damit spielen. Aber wie zum Teufel soll er in mich reinpassen?

Ich muss mich vorbereiten... und mutig sein. Ich schinde Zeit, indem ich in seiner Nachttischschublade nach einem Kondom fische, das ich dann auspacke und auf ihn rolle. Er bewegt sich leicht, hebt seine Hüften, und ich spüre, wie sein Schwanz vor Erregung heftig gegen meine Handflächen pocht.

Ich werde jetzt nicht kneifen. Ich gehe auf die Knie und spreize meine Oberschenkel, nehme seinen Schwanz in die Hand. Ich setze mich auf ihn und schließe die Augen, um ihn langsam in mich gleiten zu lassen.

Er hechelt und verzieht sein Gesicht, während ich mich langsam auf die Bestie setze, die er in dieser Hose versteckt hat. Es tut weh und erregt mich sofort, genau wie der leichte Schmerz seines festen Griffs, der meine Hüften festhält, bis sich seine Fingerspitzen in mich eingraben.

Ist es wirklich zwanzig Jahre her? Er dringt weiter in mich ein und seine Augen weiten sich. Er lässt einen wahnsinnigen Schrei los, während er sichtbar darum kämpft, nicht in mich hineinzustoßen.

„Ja", schreit er. „Ja!"

...und plötzlich kann ich es glauben. Mein erster guter Sex überhaupt; sein erster seit langem. Ich grinse und er dringt noch einen Zentimeter tiefer in mich ein. Dann noch einen.

Meine Muskeln da unten verkrampfen sich unangenehm, während ich versuche, mich an seinen Umfang zu gewöhnen. Ich bin immer noch zu angeturnt, als dass ich mich darum schere, dass er mich eventuell verletzen könnte. Der Schmerz beim Eindringen wird durch meine Lust übertönt.

Und der Blick in seinem Gesicht... dafür lohnt es sich ein wenig zu leiden, auch wenn es sich nicht gut anfühlt. Er zittert, während er weiter in mich eindringt, und sein Finger beginnt gegen meine Klit zu reiben, sodass auch ich anfange zu zittern.

Er dringt weiter in mich ein und ich habe das Gefühl, dass ich etwas endlos Langes bearbeite. Doch selbst als ich mich zwinge, ihn langsam aufzunehmen, spüre ich, wie meine Erregung wächst. Er hört nicht auf, mich zu befriedigen, egal wie hart ich meinen Körper gegen seinen Schwanz drücke, während ich mich nach unten arbeite.

Wir stöhnen und winden uns beide, bis ich mich voll und ganz an ihn gewöhnt habe; ich spüre, wie der Schmerz verschwindet, während der Finger, der mich streichelt, sich immer besser und besser anfühlt. Er hält mir mit der anderen Hand den Rücken, beobachtet mich aufmerksam, wie ich wimmernd und reflexartig auf ihn reite.

Ich starre ihn erstaunt, aufgeregt und begeistert an, während jede Zelle meines Körpers vor Freude zu tanzt. Dann kann ich nicht mehr, ich rolle meine Augen und schaukle wild gegen ihn, meine Schreie werden immer verzweifelter.

„Komm schon, Liebling. Lass dich fallen. Sei ein braves Mädchen", flüstert er mir ins Ohr, und ich halte es nicht mehr aus.

Ich schreie. Eine Art Ekstase überkommt mich, meine Klit scheint zu explodieren, ich werde vor Freude fast weggeschmettert. Es ist stärker, als ich es mir je vorgestellt habe, es elektrisiert meinen ganzen Körper und schaltet meine Schüchternheit vollständig ab.

Ich reite ihn hart und reibe mich an seinem Schwanz und seinem Finger, um die Schmerzen der Freude so lange wie möglich aufrechtzuerhalten.

Er bewegt seine Hand gnadenlos, und ich verkrampfe immer wieder und schreie, während ich auf ihm reite. Es geht immer weiter und weiter, bis er plötzlich steif wird und mit jedem Atemzug zu schreien beginnt.

Fast taub vor Erschöpfung, zwinge ich mich, weiter zu machen, während seine Stimme immer lauter und heißer wird. Seine Hüften heben sich an und drücken seinen Schwanz tief in mich hinein - und dann fühle ich, wie er vor Freude stöhnt und zittert.

„Aaah! Ah-Bethany! Oh...oh..." Seine Stimme wird leiser und er entspannt sich unter mir. „...Oh, ja."

Ich stürze auf seine Brust, in seine Arme, das letzte, was ich an Kraft aufgewendet habe, um ihn zu befreien. Er wiegt mich und streichelt mir die Haare, während ich fassungslos daliege.

„Bethany. So ein gutes, liebliches Mädchen. Vielleicht muss ich dich behalten."

Ich lächle, während ich wegdrifte.

9

HENRY

Nach stundenlangem, ruhigem Schlaf wache ich langsam auf und spüre einen vertrauten, warmen Körper an meiner Seite. Ich kriege erneut einen Steifen, während ich mich umdrehe, um ihr Haar zur Seite zu streicheln und auf meine Geliebte hinunterzuschauen.

...und dann erinnere ich mich.

Ich erstarre, hin- und hergerissen, ob ich zu ihr ins Bett zurückgehen oder sie alleine lassen soll. Bethany. Das ist Bethany.

Ich weiß noch, dass ich sie gestern Abend gefickt habe. Ich erinnere mich an ihr Zittern und ihr Pochen unter mir, als sie gekommen ist. Die Tränen auf ihren Wangen, als sie zugab, dass sie noch nie einen Höhepunkt hatte. Wie ich sie tröstete... und ihr dann immer wieder die gleiche Freude bereitete.

Nein. Ich wusste, dass es Bethany war. Ich wusste es. Cara hatte bereits Orgasmen. Ich wusste die ganze Zeit, mit wem ich es zu tun hatte.

So verrückt bin ich nicht. Wirklich.

Ich entspanne mich und lege mich wieder neben sie und sehe sie liebevoll an. Vielleicht denke ich zu sehr darüber nach. Ja, sie sieht Cara verdammt ähnlich, aber sie ist nicht Cara. Vielleicht mag ich einfach einen bestimmten „Typ" Frau.

Vielleicht ist das in Ordnung.

Ich habe zwanzig Jahre damit verbracht, mir die Schuld an Caras Tod zu geben und mich selbst in Frage zu stellen, aufgrund meiner PTBS. Vielleicht ist es an der Zeit, damit aufzuhören. Vielleicht ist es an der Zeit, nicht mehr so zu tun, als wäre die Zeit vor zwanzig Jahren stehen geblieben, obwohl ich weiß, dass es mir mit der Zeit besser geht.

Ich fahre mit der Hand über ihren nackten Rücken, sie zittert und kommt näher an mich, und ich lege einen Arm um sie. Ihre eigenen Träume scheinen auch nicht immer erfreulich zu sein. Vielleicht kann ich ihr dabei helfen, so wie sie mir zur Hilfe eilte, als ich durch mein eigenes Schreien aufwachte.

Ich mache mir keine Sorgen, dass sie mich verurteilt. Aber wenn sie Cara so ähnlich sieht, wie kann ich sie dazu bringen, mir zu vertrauen, dass ich sie tatsächlich will und nicht, weil sie wie Cara aussieht?

Die einzige Antwort, die mir einfällt, ist, ihre Wünsche und Bedürfnisse zu erfahren und sie zu nutzen, um sie vollständig und gezielt zu verwöhnen. Es ist vielleicht nicht alles, was ich tun muss, um dieses neue Feuer am Leben zu erhalten. Aber während ich meine Nase in ihr Haar stecke, denke ich mir, dass dies ein verdammt guter Anfang ist.

Ich bewege mich näher an sie heran, gleite ein wenig an ihrem Körper herunter, sodass mein Kopf auf gleicher Höhe mit ihren herrlichen Brüsten ist. Sie ist nur ein bisschen kurviger als Cara, ihre Brustwarzen sind dunkler und empfindlicher. Ich küsse sie sanft, und sie wimmert und windet sich schläfrig gegen die Bettdecke. Ihr Oberschenkel gleitet gegen meinen, und ich fühle, wie sich ihre Brustwarze unter meinen Lippen versteift.

Sie stöhnt, während ich abwechselnd leicht an jeder ihrer Brüste sauge, wobei sie langsam vor sich hin stöhnt und meine plötzliche Erektion wieder ignoriert. Durch die letzte Nacht ist mein Verlangen danach, meinen Schwanz wieder tief in ihr zu versenken, nur noch gewachsen... aber das kann warten.

Ich fühle, wie ihre Hand meinen Rücken streichelt... und sie lässt einen leisen Seufzer der Freude los. „Henry", flüstert sie. „Mm... nicht aufhören." Und ihre Finger verheddern sich wieder in meinem Haar.

Es gibt eine Million Dinge, die ich mit ihr ausprobieren möchte, wenn ich sie dazu bringen kann, dass sie zurückkommt - oder noch besser, länger bleibt. Ich experimentiere viel... Ich habe sogar ein paar Narben davon, dass ich ein bisschen zu grob gespielt habe.

Ich bin stolz auf sie. Ich liebe es, wenn ich eine Frau so sehr beglücke, dass sie die Kontrolle verliert und mich ein wenig verletzt. Und ich weiß, dass sich Bethany gestern Abend genauso fühlte, als ich ihr kleine blaue Flecken auf dem Rücken hinterließ.

Zwanzig aufgestaute Jahre kamen in diesem Moment aus mir heraus... und jetzt will ich einfach mehr. Mehr Sex, mehr Lust... mehr Bethany. Ich gleite meine Hände an ihren Seiten hinunter und über ihre Hüften, während ich leicht und langsam an ihr nippe, und sie fängt an, sich im Takt meiner Zunge zu bewegen.

Eine meiner Hände kneift ihre Schamlippen leicht zwischen zwei Fingern ein und zieht und streichelt sie, um sie weiter zu necken. Ihr Stöhnen verändert sich und sie beginnt, ihre Hüften gegen meine Hand zu bewegen. Meine andere Hand rutscht nach oben, um ihren Arsch zu streicheln und sie zu necken, wobei ich einfach meinen Daumen gegen ihren After drücke, ohne ihn reinzustecken.

„Uh!" schreit sie und drückt aggressiv ihre Hüften gegen meine Hand. Ihre Hüften bewegen sich; ich höre einen flehenden Ton in ihrem Wimmern, und necke sie einfach weiter, bis sie ihre Worte benutzt. „Ich will deinen Schwanz", hechelt sie schließlich. „Bitte."

„Wirst du es diesmal wie ein braves Mädchen aufnehmen, alles auf einmal?" Meine Erektion schmerzt mit jedem Herzschlag mehr; mir ist so schwindlig, dass ich zwischen Lust und Schläfrigkeit kaum noch denken kann. Ich habe das Gefühl, ich explodiere, wenn ich sie nicht bald ficke. Aber ich bleibe ruhig und kontrolliert.

„Ja", wimmert sie. „Ja, ja, ich werde brav sein, bitte..."

Ich setze mich eifrig zwischen ihre Oberschenkel und versenke meine Eichel in ihr. Irgendwie fühlt es sich noch besser an als gestern Abend, ihre zarten Schamlippen streicheln meinen Schaft, wenn ich an ihnen vorbei gleite. Ihre heiße, glatte Öffnung zieht sich um mich herum zusammen und umschließt mich von allen Seiten, während ich tiefer eindringe.

„Das ist es", stöhnte ich. „So ist's gut, Liebling, nimm es..."
Sie wimmert, und ich beginne, ihre Klit direkt zu streicheln,
wodurch der hohe Ton in ein Stöhnen verwandelt wird.
„Braves Mädchen, braves Mädchen."

„Es ist... ich... ich... es ist zu viel..." Ihre Stimme erhebt sich zu
einem Jammern. „Es ist zu gut..."

„Mach weiter. Nimm es. Fast fertig." Ich streiche immer
wieder sanft über ihre Klit und beuge mich vor, um wieder an
ihrer Brust zu saugen.

Sie gräbt ihre Nägel in meinen Arsch und drückt sich an mich,
ein anderes schluchzendes Stöhnen lässt ihre Kehle vibrieren,
während ich den Rest des Schwanzes in sie hineinschiebe.
„Henry..."

„Genau da. Oh, ja." Mein Rücken wölbt sich; ich hechle,
kämpfe gegen den Drang, schnell zu stoßen und sofort zu
kommen. Wir halten still und zitternd zusammen und tun beide
unser Bestes, um noch nicht zum Höhepunkt zu kommen.

Als die Erregung ein bisschen abklingt, beginne ich langsam
an ihr zu reiben, wobei mein Daumen bei der Bewegung über
ihrer Klit kreist. „Gutes Mädchen. Du fühlst dich so gut,
Baby."

Ihre Muschi fühlt sich unglaublich gut an. Ich kann sie vollkommen spüren, sogar ihren Gebärmutterhals, der sanft an der
Spitze meines Schwanzes reibt, wenn ich tief genug eindringe.
Die Empfindung ist so intensiv, dass ich wieder laut stöhnen
muss, meine geflüsterten Befehle verwandeln sich in animali-
sche Lustgeräusche.

Heilige Scheiße, was ist das für eine Kondommarke? Ich brauche einen Koffer davon oder zwölf. Ich stoße wieder in sie hinein - und spüre, wie sich ihre Muskeln um mich herum zusammenziehen. Sie keucht und schluchzt, umschlingt mich, und ich fühle, wie sich das letzte Stück meines rationalen Verstandes verloren geht.

Ich entspanne mich ein wenig und fange an, sie schneller und härter zu bumsen, zu stöhnen und über ihre Schreie hinweg zu schreien, während sie ihre Hüften hebt, um auf meine zu treffen. Lange, herrliche Minuten lang nähern wir uns gemeinsam immer mehr dem Ziel... und ich kann mich nicht erinnern, wann ich eine solche Glückseligkeit empfunden habe.

So gut...so gut...so gut...so gut... Ich muss mich beherrschen, um ihre Klit zu streicheln, während sie sich unter mir windet und windet. Ich verlangsame meine Hüften weiter und möchte das erstaunliche Gefühl genießen... selbst als sie anfängt, zu zittern und ihre Nägel hart in mich zu graben.

„Mehr", schluchzt sie. „Mehr, mehr, bitte mehr... „

Nun gut. „Oh, Bethany", flüstere ich und fange an, sie noch härter zu ficken.

„Ah... ah... ja, genau so, nicht aufhören!" Ihre Nägel graben sich in meinen Rücken ein, und ihr Betteln und Zittern erregt mich noch mehr. Ich dringe schneller ein, wobei ich den nagenden Zweifel, der noch immer in meinem Hinterkopf lauert, kaum wahrnehme.

Und dann, mitten im Eifer des Gefechts, als sie mir meinen Hintern zerkratzt und ihre Beine fest um mich schlingt und unter mir winselt, trifft es mich plötzlich wie ein Schlag.

Ich habe das verdammte Kondom vergessen.

Ich erstarre, zwinge mich dazu, mich aus ihrer süßen Muschi zu befreien und komme erst zu mir zurück, als ich mein Schwanz vollkommen rausgezogen habe. Aber es ist viel zu spät.

„Ah! Ah! Oh, oh Henry - ich komme!" Sie klammert sich mit allen vier Gliedern an mich, drückt und reibt sich wild an mir und heult dann, als sie sich kräftig an mich drückt und ihre Muskeln beginnen, meinen Schaft zu melken.

Es ist zu gut. Meine Eier verkrampfen sich, während der Druck in mir unerträglich wird. Oh nein!

„Oh ja!" Ich höre mich selbst schreien, als mein nackter Schwanz in ihr verkrampft. Mein Stöhnen verbindet sich mit ihrem, während mein Sperma immer wieder in ihren heißen, zitternden Körper spritzt. Mein Kopf ist leer; ihre Spasmen saugen mich bis zum letzten Tropfen aus, und damit auch meine ganze Kraft.

Ich falle in ihre Arme, zitternd, fast schockiert von der Kraft dieses Höhepunkts. Ich spüre, wie kleine Spasmen ihren Körper durchlaufen, meinen überempfindlichen Schaft streicheln und mich nach Luft schnappen lassen. Es ist unglaublich. Sie ist unglaublich.

„Ja", flüstere ich und frage mich, wie zum Teufel ich so lange ohne das hier leben konnte. „Oh, ja."

Ich muss es ihr sagen, denke ich vernebelt, während sie meine Haare und Schultern streichelt. Aber stattdessen drifte ich ab. Die Sorgen, die mir im Wege standen, sind mir einfach aus dem Kopf geflogen.

„Bethany", murmele ich in ihre Schulter und spüre, wie sie sich ein wenig mehr entspannt, während wir beide anfangen einzuschlafen.

Ich weiß nicht mehr, was mich den Rest des Samstags beschäftigt, als wir essen und Liebe machen, meinen Whirlpool benutzen, Liebe machen und im Wald wandern. Wir benutzen Kondome, und ich beglücke sie jedes Mal, bis ich meine Kraft verliere und sie das Bewusstsein verliert. Wir sehen uns schlechte Science-Fiction-Filme an, lachen darüber und vergessen sie dann, während wir wie geile Teenager auf der Couch rummachen.

Erst am Ende des Wochenendes, als sie am frühen Sonntagnachmittag die Heimfahrt antritt, erinnere ich mich daran. Als ich ihr leicht angeschlagenes kleines Auto den Berg hinunterfahren sehe, erinnere ich mich plötzlich wieder an die Situation vor dem Orgasmus, und ich fluche vor mich hin.

Verdammt! Das wollte ich nicht tun. Sie wird verärgert sein. Noch mehr verärgert, wenn ich es ihr nicht sofort sage.

Ich werde es ihr bald sagen. Sobald sie sich zu Hause eingelebt hat. Ich wollte sie ohnehin am nächsten Wochenende wieder einladen. Ich weiß zumindest, dass ich keine Krankheiten habe.

Ich werde ihr einfach... sagen, dass ich einen Riss in einem der Kondome gefunden habe. Das kann jedem passieren. Besser das, als sie wissen zu lassen, dass ich nach zwanzig Jahren Verlangen einen dummen Fehler wie ein sexbesessener Teenager gemacht habe.

Ich spüre, wie sich ein zaghaftes Lächeln wieder auf mein Gesicht schleicht. Wir können das klären.

Natürlich ist es leicht, an ein Happy End zu glauben, wenn die Prinzessin, die man will, einen das ganze Wochenende lang gefickt hat. Ich hoffe nur, dass mein Optimismus nicht unangebracht ist.

10

BETHANY

„Also, wie war es?" Meine Therapeutin sitzt mit gespanntem Blick und einem fröhlichen Lächeln im Gesicht und hört gespannt zu.

„Er war der Hammer", schwärme ich von ihm und kann mich nicht beherrschen. Sie lacht. „Nein, ernsthaft, so etwas habe ich noch nie zuvor gefühlt. Er war..." Ich zögere und suche nach Worten. „Ich fühlte eine echte Verbindung."

„Nun, ich hoffe, das ist nicht alles, was du nach all dem Ganzen empfunden hast", lacht sie.

Ich lache mit ihr und schüttele den Kopf, nachdem ich wieder nach Luft schnappen kann. „Nein. Nein, das war es nicht, aber das ist egal. Ich habe nur... er war..." Dann fange ich an zu kichern und verstecke mein Gesicht in den Händen, unfähig aufzuhören.

Sie schaut mich geduldig an. Endlich bekomme ich wieder Luft. „Es tut mir leid, ernsthaft. Ich mag diesen Kerl einfach sehr."

„Ich habe es bemerkt. Ich habe dich noch nie so enthusiastisch über jemanden reden gesehen. Ganz bestimmt nicht über Michael." Sie spricht leicht bestimmend. Sie hat immer wieder betont, wie stolz sie auf mich ist, dass ich standhaft bleibe, während er immer wieder versucht, sich in mein Leben zurückzudrängen.

„Michael war... ein Fehler. Henry hat einige Probleme, und er ist älter als ich, aber er ist anders als Michael. Michael benutzte Mitleid, um von meinem Geld zu leben, und als er dann hatte, was er wollte, verwandelte er sich in ein kindisches kleines Arschloch. Henry... Henry ist einfach verletzt."

„Inwiefern?"

Sie stellt diese Frage sehr bestimmt. Irgendwo zwischen den Zeilen kann ich die eigentliche Frage lesen. Bethany, Schatz, du hast mir selbst gesagt, dass Henry mit noch mehr Trauma und Depressionen kämpft als du, und dass sein Trauma sich auf den Verlust seiner Frau konzentriert.

Die Frau, der du ähnlich siehst. Die Frau, um die er sich Sorgen macht, dich immer wieder mit ihr verwechselt, wenn er den Bezug zur Realität verliert. Die Frau, für die du nicht nur ein Ersatz sein solltest.

„Er hat eine PTBS durch den Verlust seiner Frau erlitten. Der Unfall. Es wurde durch die Lawine erneut ausgelöst".

„Aber obwohl es ihm schwerfiel, grub er mich aus dem Auto aus, bevor er wusste, wer ich war oder wie ich aussah. So ist er halt." Und vielleicht schwärme ich zu sehr von ihm, aber er hat mir das Leben gerettet.

Sie schenkt mir ihr herzlichstes Lächeln. „Nun, ich denke, dass du definitiv das richtige tust. Und das könnte eine tolle Ausrede sein, um noch mehr Wochenenden aus der Stadt zu entfliehen. Ich weiß, wie hart du arbeitest. Warum also nicht ein wenig Spaß mit deinem hübschen, verwitweten Freund haben?"

Ich fahre erleichtert nach Hause. Meine Zweifel an Henry sind im Laufe des unglaublichen Wochenendes größtenteils verflogen, und dass meine Therapeutin hinter mir steht, hilft mir wirklich. Ich werde ihn auf jeden Fall nächstes Wochenende wieder besuchen, um mehr von diesem fantastischen Sex und die beste Gesellschaft, die ich je hatte, zu bekommen... ich weiß nicht einmal, wann ich das letzte Mal so etwas tolles erlebt habe.

Die Zweifel, die immer noch bestehen... nun, die werden Zeit brauchen. Er sagte meinen Namen im Bett, nicht ihren. Er wusste, dass ich das war und nicht Cara. Aber ich weiß noch, wie er sich bei unserem ersten Treffen verhalten hat.

Ich bete, dass ich es bin, die er will. Nicht nur, weil ich ihr ähnlich sehe.

Ich denke darüber nach, einen Grillabend vorzuschlagen, jetzt, wo sich das Klima in den Adirondacks ein wenig besser wird. Ich werde den Skisport in dieser Saison vermissen, aber das ist in Ordnung. Ich habe etwas Besseres - etwas, auf das ich schon verdammt lange gewartet habe.

Ich lächle, als ich um die Ecke auf meinen Wohnblock zufahre. Und dann erstarre ich und meine Augen weiten sich. Sechs Polizei- und zwei Feuerwehrautos stehen vor meinem Wohnblock, aus der Lobby strömt Rauch.

Ich parke einen Block hinter den Rettungsfahrzeugen und nähere mich langsam, wobei ich mich in den dicken Alpakaschal einwickle, während ich auf das sich entfaltende Drama starre. Verwirrung und Schock wechseln sich ab mit wachsendem Entsetzen, als ich vertraute Schreie höre: Eine junge Männerstimme, die durch den Anfall, den er hat, heiser geworden ist.

„Oh Gott", murmelte ich, als ich nach vorne eile und mich auf die Barrikade schiebe.

Michael kämpft gegen vier Polizisten, die ihn aus dem Rauch heraus und die Wohnungstreppe hinunterschleifen. Er kämpft und schreit, hat ein rotes Gesicht, blinzelt mit der gleichen unkontrollierten Wut und ist tränenüberströmt. „Nein, nein, nein, das können Sie nicht tun! Es soll brennen!"

Ich entferne mich von der Barrikade und lasse einige Gaffer hinter mir, um mich zu verstecken, während die Polizisten ihn auf den Bürgersteig schleifen. Er schimpft die ganze Zeit.

„Diese Schlampe hat mich rausgeworfen! Sie hat mich rausgeworfen, obwohl ich nichts getan habe! Ich muss es ihr heimzahlen, lassen Sie mich!"

Sie schieben ihn mit hinter dem Rücken gefesselten Händen in Richtung eines der Streifenwagen. Sein blondes Haar ist verwuschelt, und er hat dieselbe aggressive, eklige Körpersprache, die er hatte, als er mich schlug.

Er ist verrückt. Ich ziehe mich weiter zurück, als seine Stimme immer lauter wird. Seine Worte sind nicht mehr zu hören. Mein Herz rast vor Angst. Er ist unberechenbar und gefährlich. Und das macht mir eine verdammt nochmal Angst.

Eine knallende Autotür lässt seine Schreie dumpf werden und ich lasse ein Schluchzen los. Ich ziehe mich zurück, weil ich weiß, dass mich bald jemand von der Polizei anrufen wird, und weil ich nicht in der Menge erwischt werden will, wenn mein Telefon klingelt. Ich kann nicht von Angesicht zu Angesicht mit der Polizei umgehen, bis ich nicht mehr das Gefühl habe, dass ich mich übergeben muss.

Warum ist er so? Warum habe ich nicht rechtzeitig verstanden, dass er so ist? Was ist, wenn ich den gleichen Fehler mit Henry mache, von dem ich bereits weiß, dass er Probleme hat?

Was passiert, wenn auch bei ihm die Zeit des Verliebtseins endet? Wer bleibt dann übrig?

Meine Augen füllen sich mit Tränen, und ich eile davon, um mich in meinem Café um die Ecke zu beruhigen.

Die Polizei ruft mich an, während ich einen Schokoladenmokka genieße, der kalt wird, als ich die Einzelheiten erfahre.

Michael war da, um meine Wohnung niederzubrennen, da er nicht direkt an mich herankommen konnte. Als der von ihnen für die Lobby eingestellte Sicherheitsmann ihn nicht durchlassen wollte, legte er das Feuer genau dort. Es brannte nicht mehr als ein Vorratsschrank, und die Wache hielt ihn fest und rief die Polizei.

Ich bestätige meinen Schutzbefehl, die Anklage wegen Körperverletzung und Michaels mehrfache Verletzungen. Sie fragen, ob ich anderweitig woanders leben kann, bevor er auf Kaution freigelassen wird. Ich denke an die Ersparnisse, die ich aufgebraucht habe, dass ich keine Freunde in der Stadt habe und daran, wie sehr ich anfange, Boston zu hassen. Und ich sage Ja, bevor ich es überhaupt sicher weiß, nur damit sie mich in Ruhe lassen.

Ich trinke meinen kalten Mokka aus. Ich möchte so gerne nach Hause gehen und mich unter meiner Bettdecke verstecken. Aber mein Zuhause, diese hübsche kleine Wohnung, für die ich so hart gearbeitet habe, ist plötzlich nicht mehr mein Zuhause. Zumindest im Moment.

Vielleicht für immer. Ich fühle mich dort nicht mehr sicher.

Ich nehme mir vor, meine Therapeutin anzurufen, als ich mein Telefon wieder herausziehe. Aber ich tätige den Anruf nicht. Ich lege das Telefon auf den Tisch vor mir und greife nach meinem Sandwich und Salat.

Ich habe die Nase voll von Therapien. Henry mag zwar verletzt sein, aber zumindest hat er sich ein Leben für sich selbst geschaffen - ganz zu schweigen davon, dass er meines gerettet hat. Aber was zum Teufel ist mit Michael? Was glaubte er, was passieren würde, wenn er seine verdammten Hände auf mich legt?

Aber ich weiß. Er denkt, ich hätte es verdient, geschlagen zu werden. Weil er denkt, dass er mich nur in meine Schranken weisen wollte.

Genauso wie es für ihn völlig okay war, mein Wohnhaus in Brand zu stecken und viele Menschen zu verletzen, nur um mich zu bestrafen.

Er ist nicht nur ein Sexist, nicht nur ein unreifer kleiner Tyrann, nicht nur der weltweit schlimmste Fall von Unterentwicklung. Er lebt nicht in der gleichen Realität wie der Rest von uns. Er lebt in seiner eigenen Welt und denkt, dass er, weil er etwas stark empfindet, das Gesetz und den Anstand und alle anderen in seiner Umgebung missachten kann.

Und ich habe mich über ein Jahr lang von ihm ficken lassen.

Ich kämpfe mit den Tränen und hasse meine bemitleidenswerte Art an mir, die die Dinge so weit kommen ließ. Ich weiß, dass das meiste davon seine Manipulation und sein ständiger Vertrauensbruch war. Aber ich war diejenige, die es vermieden hat, sich damit zu befassen, bis es eskaliert ist, weil ich so viel Angst vor der Konfrontation hatte.

Vielleicht habe ich tief in mir drinnen gespürt, dass er ausflippen würde. Aber die Sache, die mir zu schaffen macht, ist... was ist, wenn Henry emotional viel instabiler ist, als ich denke? Was ist, wenn guter Sex mein Urteilsvermögen trübt?

Schließlich gebe ich auf und rufe ihn an. Ich habe zwar Benzingeld, aber nicht genug Bargeld für ein Zimmer und keine Kreditkarte. Ich hasse es, jung, pleite und verzweifelt zu sein. Ich hasse es, einen Kerl, mit dem ich gerade erst was hatte, um Hilfe bitten zu müssen.

Aber noch mehr hasse ich die Vorstellung, in meine Wohnung zurückzugehen, solange sie noch Michaels Spuren der Brand-stiftung aufweist, mich an ihn erinnert und mich unsicher fühlen lässt. Ich hasse es, meinen Nachbarn ins Gesicht schauen zu müssen, und bete, dass keiner von ihnen eine Verbindung zwischen mir und dem Verrückten herstellt, der versucht hat, all unsere Wohnungen niederzubrennen. Ich möchte einfach wieder weg, weg von Boston und all den Problemen, zurück in die Arme des Mannes, bei dem ich mich seit sehr langer Zeit sicher fühle.

Und dennoch brauche ich immer noch fünfzehn Minuten und drei Versuche, um seine Nummer einzugeben und den Anruf zu tätigen.

Henry nimmt nach zwei Mal klingeln ab. Er räuspert. „Hey."

„Henry...? Ich muss mit dir reden." Ich kann die Angst nicht aus meiner Stimme verdrängen.

Ich höre ein Knarren und ein Klirren, wie von Sportgeräten. Seine Stimme wird ernst. „Geht es um dieses Wochenende?"

„Ich... Moment, was ist mit diesem Wochenende?" Ich bin jetzt verwirrt. „Ich dachte, wir hatten eine gute Zeit." Ich kann plötzlich ein weiteres unerwartetes Problem riechen. Das beängstigt mich.

„Nun, ich dachte mir, du hättest ein anderes... Problem entdeckt. Ich meine, es ist noch zu früh, um es bei dir zu verraten, aber vielleicht irre ich mich. Geht es darum?" Er klingt... schuldig. Und wieder ein wenig benommen.

Was zum Teufel soll das jetzt? Meine Alarmglocken gehen los. „Geht es um was? Henry, du sprichst verdammt undeutlich - wovon redest du?"

„Ich... schau mal", wagt er. „Es tut mir leid, aber bevor du etwas sagst, ich weiß, dass ich Mist gebaut habe. Ich hätte dich sofort anrufen sollen, als ich es herausfand, aber ich überlegte mir, was ich sagen sollte."

Meine Brust schmerzt so sehr, weil mein Herz so stark klopft. „Was sagen?"

„Äh... ich habe beim Aufräumen festgestellt, dass eines der Kondome gerissen ist."

Ich erstarre und realisiere nur langsam. „...was?"

Er macht so weiter, als wäre dies ein normales Gespräch. „Ich habe keine Geschlechtskrankheiten oder andere übertragbare Krankheiten, also ist das kein Problem, aber... ich habe keine Vasektomie gemacht."

Er klingt sehr ruhig und reueerfüllt, und ich merke, dass er darauf gewartet hat, mir das zu sagen, weil er es geprobt hat.

Und irgendwie macht mich das wütend. Ich bin so wütend, dass ich weiß, dass ich nicht leise sprechen werde. Ich werfe einen Dollar Trinkgeld auf den Tisch, schnappe mir meine Tasche und gehe mit dem an mein Ohr gedrückten Telefon nach draußen. „Wie... wie lange weißt du es schon?"

„Nur seit letzter Nacht", sagt er, und die Reue in seiner Stimme wird größer. Er sagte, er weiß, dass er es versaut hat. Aber er scheint nicht zu begreifen, wie sehr.

Meine freie Hand formt eine Faust, als ich auf den Parkplatz gehe. Ich habe es satt, dass irrationale, unverantwortliche Männer zu meinen verdammten Problemen beitragen, wenn ich am wenigsten damit umgehen kann. „Also lass mich das klarstellen", sage ich langsam mit einer leisen, leichten Stimme, hinter viel Wut steckt.

„Ich habe dich so plötzlich wegen etwas angerufen, was nichts mit diesem Wochenende zu tun hat, denn ich brauche Hilfe und habe eigentlich niemanden, an den ich mich wenden kann. Und anstatt zuzuhören und herauszufinden, was los ist, überrumpelst du mich damit? Nachdem ein Tag verstrichen ist, an dem ich etwas über eine mögliche Schwangerschaft hätte erfahren können?

Am anderen Ende der Leitung herrscht eine lange Stille. Ich fühle wieder, wie mir der Zorn zu Kopf steigt. „Michael hat versucht, mein Wohnhaus niederzubrennen! Und du willst die Tatsache, dass du mich vielleicht gerade jetzt geschwängert hast, auf mich abladen?"

„Es tut mir sehr leid, Cara..."

Eine Welle der Wut erfüllt mich und ich schreie ins Telefon. „Wie zum Teufel hast du mich gerade genannt?"

Und ich lege auf.

Ich stehe zitternd da, kalte Tränen laufen mir über das Gesicht. Oh Gott. Ich bin ein Idiot. Ich hätte ihm nie vertrauen dürfen.

Er liebte es, mich zu ficken, weil ich wie sie aussehe. Ich bin ihm eigentlich egal. Er zittert, wenn er mir wichtige Dinge erzählt, und nennt mich beim Namen seiner toten Frau.

Ich bin nicht wichtig für ihn - ich bin nur ein Ersatz!

Ich schaffe es gerade so, in mein Auto einzusteigen, bevor das verdammte Schweigen eintritt. Dann lehne ich mich über das Lenkrad und schluchze.

Ich habe einfach kein Glück mit den Männern. Ich werde immer allein sein.

11

HENRY

Ich erkläre Onkel Jake grob, was passiert ist, nachdem er mich zurückgezogen im Fitnessstudio sitzen sieht, das Telefon noch in der Hand. Dann schnappe ich mir eine Flasche Jack und verschwinde in mein Zimmer.

Hin und wieder hinterlasse ich eine Nachricht auf Bethanys Anrufbeantworter. Ich mache es kurz und höre nach 21 Uhr auf anzurufen. Am nächsten Morgen versuche ich es erneut, sobald ein bisschen Gras darüber gewachsen ist.

Es zerreißt mich, dass sie nicht abhebt oder zurückruft. Aber sie hat mich auch nicht blockiert. Das hindert mich jedoch nicht daran, mich selbst zu verabscheuen.

Jake lässt mich genau einen Tag lang in meiner Schuld und meinem Elend baden, bevor er an meine Tür klopft und mich auf einen Spaziergang durch den Wald hinauszerrt. Er hat seine Kamera mitgebracht, nicht seine Waffe, und lehnt sich auf einem Wanderstock an, während wir den Bergweg auf der Rückseite meines Grundstücks hinaufwandern.

Ich beschwere mich, als wir den Berg hochlaufen. Ich habe einen Kater, habe mich nicht rasiert, habe nicht geschlafen und nichts gegessen. Mein Magen fühlt sich wie ein Mülleimer an.

Es ist das perfekte Gegenteil zu den nagenden, dumpfen Schmerzen in meiner Brust. „Was soll das hier?" Ich bitte Jake, mir die Wasserflasche zu reichen, während Jake langsamer wird.

„Geh einfach weiter und nippe daran. Ich versuche herauszufinden, wie ich das Thema ansprechen kann, ohne dir in den Arsch zu treten oder dich als Idioten zu bezeichnen." Er klingt müde und verärgert, und ich kann es ihm nicht wirklich verübeln. Ich bin wütend auf mich selbst.

„Gut." Ich muss nicht reden oder ihm zuhören, um einen Vortrag darüber zu bekommen, was für ein egoistischer, gedankenloser Idiot ich war, was Bethany angeht. Das sagt mir mein Herz bereits seit dreißig Stunden. Dieses schöne, süße Mädchen verdient so viel Besseres als ein Typ, der sich vor wichtigen Gesprächen versteckt und sie vermasselt, weil er es nicht besser weiß.

Und auch wenn es nur ein Ausrutscher in einem emotionalen Moment war, müsste ich völlig dumm sein, um nicht zu erkennen, warum sie sich aufregte, als ich sie Cara nannte.

Wir erreichen den Aussichtspunkt am oberen Ende des Weges, und ich stehe neben meinem Onkel und blicke auf den nebligen Berghang. Er nimmt einen Schluck aus seiner Brandyflasche und schaut dann zu mir hinüber, ohne ihn anzubieten. „Das Mädchen, das wie Cara aussieht. Du hast sie gefunden, sie mit nach Hause genommen und sie gefickt, nicht wahr?"

Ich zucke zusammen. „Nein, sie hat mich gefunden und ist vor unserer Tür aufgetaucht."

Er runzelt die Stirn. „Verdammt. Dafür kann ich dir keine Schuld geben. Aber was zum Teufel ist danach passiert?"

Ich seufze und schaue nach unten. „Die Dinge gerieten außer Kontrolle."

„Wie außer Kontrolle?" Sein Ton ist bestimmend.

„Ihr Name ist Bethany. Mich aufzusuchen, mich zu treffen, mit mir zu trinken, bei mir zu übernachten, mit mir zu schlafen... das waren alles ihre Entscheidungen, Jake." Ich kann meine abwertende Haltung nicht verstecken.

„Wusste sie von Cara?" Seine Augen durchsuchen mein Gesicht, und ich nicke entschlossen. Er entspannt sich etwas. „Okay, nun, gut, dass du zumindest diesen Teil erledigt hast, bevor ihr in irgendetwas hineingeraten seid. Aber was dann?"

Ich reibe mein Gesicht und schaue weg. „Ich habe es mehrmals kurz hintereinander versaut, als sie mich brauchte, um für sie da zu sein, und jetzt ruft sie mich nicht mehr zurück."

Er schüttelt den Kopf. „Scheiße." Dann überrascht er mich, indem er eine Zigarette herauszieht und sie anzündet. Er raucht nur dann, wenn er gestresst ist oder etwas Schlimmes verdauen muss.

„Dieses Mädchen... hast du sie gevögelt, weil es einfach ist, so zu tun, als wäre sie Cara?"

Seine unverblümte Frage schockiert mich ein wenig, aber ich kann den Grund dafür verstehen. „Nein. Ich fühle mich schuldig, weil ich mit jemandem gefickt habe, der nicht Cara ist.

Dieser Teil ist wahr. Und vielleicht habe ich einen dummen kleinen Wunschgedanken im Hinterkopf, dass Cara vielleicht... wiedergeboren wird und zu mir zurückgekommen ist."

„Aber selbst wenn das wahr wäre, wäre sie nicht mehr Cara. In diesem Leben ist sie Bethany."

Er dreht den Kopf und bläst den Rauch über die Schulter. „Eine völlig andere Frau mit ihren eigenen Bedürfnissen, ihren eigenen Vorlieben und Abneigungen. Die es verdient, geliebt zu werden, so wie sie ist, und nicht der Ersatz für jemand anderen ist."

„Ich bin zu nüchtern für dieses Gespräch", gebe ich zu. Es juckt mir in den Fingern.

„Halt die Klappe. Du wirst es schaffen." Er schaut mich an. „Du musst verstehen, dass selbst wenn Menschen auf diese Weise zurückkehren können, das, was ich gerade gesagt habe, immer noch wahr ist. Wenn du sie wie Cara behandelst, wenn du sie Cara nennst, wird sie nie glauben, dass du sie liebst.

Ich starre ihn einen Moment lang an. „Bethany ist etwas Besonderes. Sie erinnert mich an Cara, aber das ist nicht der Grund, warum ich mit ihr zusammen bin. Ich habe einfach... einen bestimmten Typ Frau. Das ist alles."

„Nun, behalte das im Hinterkopf. Wie auch immer, dieses Mädchen ist in deinem Leben aufgetaucht, als sie jemanden brauchte, und du auch jemanden gebraucht hast. Du solltest dafür dankbar sein und es genießen. Vermassele es nicht und verliere sie nicht, nur weil du deine Frau nicht vergessen kannst."

Ich antworte spöttisch: „Was soll das heißen?"

„Ich hatte Freundinnen, nachdem meine Frau gestorben ist", sagt er behutsam und zieht dann lange und nachdenklich an seiner Zigarette. „Es hat eine Weile gedauert, aber ich habe es geschafft. Tolle Mädchen. Ich habe mich sehr um sie gekümmert, und wir hatten eine tolle Zeit. Aber ich habe es nicht ein einziges Mal als Betrug gegenüber meiner Frau empfunden."

Das überrascht mich. „Warum nicht?"

„Kind, sie ist tot - und sie würde wollen, dass ich glücklich bin. Und wenn ich vor ihr von dieser Welt gehe und sie hier bleibt, würde ich wollen, dass auch sie glücklich ist."

„Ich versuche dir immer wieder klar zu machen, Henry, dass es nicht nur darum geht, dass Cara tot ist. Es ist gut, dass du diesen Teil begriffen hast, aber das Ding ist, dass du noch am Leben bist. Und wenn Cara wüsste, dass du versuchst, wie ein gottverdammter Mönch zu leben, um ihr Vertrauen nicht zu brechen, und dass du wegen deiner Schuldgefühle fast verrückt wirst, wenn du ein nettes Mädchen kennenlernst, würde sie dir wahrscheinlich eine Lektion erteilen."

Ich denke darüber nach, und dann muss ich lachen. „Du hast wahrscheinlich Recht. Aber dein Rat kommt etwas zu spät. Bethany ruft mich immer noch nicht zurück."

Er lächelt mich einfach an. „Gib ihr Zeit, Junge. Es scheint, als ob du jetzt sowieso dein Leben überdenken müsstest."

Ich seufze, als ich den Hang hinunter auf mein Zuhause blicke. Bethany. „Nun, an dieser Stelle hast du Recht."

Wie das alte Haus, in dem ich lebe, bin ich ein Wiederhersteller. Und die meiste Arbeit muss ich selbst machen.

12

BETHANY

Ich schließe mich drei Tage in meiner Wohnung ein, meide jeden, gehe nicht an mein Telefon ran. Mein Herz fühlt sich in meiner Brust wie ein Stein an. Ich erinnere mich nur dann an Essen oder Schlaf, wenn ich es wirklich brauche.

Henry versucht, mich ein paar Mal am Tag anzurufen. Er entschuldigt sich freundlich und unterwürfig und fragt ungeschickt, ob ich ihn zurückrufen könnte, damit wir darüber reden können. Er ruft nie vor neun Uhr morgens oder nach neun Uhr abends an.

An dem Tag an, an dem er aus dem Gefängnis entlassen wird, ruft mich Michael hundertsechsunddreißigmal an und müllt meine Mailbox mit Drohungen zu. Ich weiß nicht, woher er all diese Nummern hat, aber er hat immer eine neue, sobald ich die vorherige blockiert habe. Er fängt an, wenn er im Morgengrauen entlassen wird, und hört nicht auf, bis die Polizei ihn wieder abholt.

Die Nachrichten der beiden bringen mich aus ganz unterschiedlichen Gründen zum Weinen. Michael wegen der

Schande, die ich fühle, weil ich mit ihm zusammen war. Henry wegen der Enttäuschung, die Wut, die Angst, dass ich nie wirklich jemand sein werde, den er liebt... obwohl ich mich schon in ihn verliebt habe.

Am Nachmittag des dritten Tages taucht Dr. Kaplan vor meiner Tür auf. Ich springe auf, als es an der Tür klopft, und zittere, weil ich Angst habe, dass es Michael ist, bis ich ihre Stimme höre.

„Bethany", sagt sie mit einer schärferen Stimme, als ich es gewohnt bin, „ich muss darauf bestehen, dass du mich reinlässt".

Ich stehe rasch von meinem Stuhl auf und schließe die Tür auf. Ich habe kaum Zeit, zur Seite zu treten, bevor sie mit vollen Einkaufstüten in beiden Armen reinkommt. „Wow, was ist das?"

„Du hast deinen Termin verpasst", sagt sie fröhlich. „Du verpasst nie einen Termin, nicht ohne anzurufen. Angesichts der neuen Liebe in deinem Leben und des noch frischen Wutanfalls deines Ex habe ich mir gedacht, du wärst untergetaucht.

Ich setze ein gezwungenes Lächeln auf und gehe zum Waschbecken, um den Wasserkocher aufzufüllen. „Ich wusste nicht, dass du Hausbesuche machst."

„Normalerweise mache ich das nicht. Aber normalerweise haben meine Patienten nicht mit Menschen zu tun, die versuchen, ihre Häuser niederzubrennen. Sie stellt die Einkaufsbeutel neben meinem Couchtisch ab und beginnt, die Produkte auf den Tischen auszupacken.

Ich starre auf die Auswahl an Obst, Gemüse, Gebäck, Brot, Käse, Hummus und Erdnussbutter und schaute dann wieder auf. „Du weißt, dass du mir das Verstecken in der Wohnung möglich machst, indem du mir Essen bringst."

„Ich weiß, dass du dich solange verstecken wirst, bis deine Vorratsschränke leer sind, damit du ja nicht Michael begegnest. Aber du musst essen - und glücklicherweise wird er so schnell nicht wiederkommen." Sie zwinkert, öffnet eine Flasche Sportgetränk und reicht sie mir.

„Entschuldigung, was?" Ich blinzle sie fragend an. Ich habe den Tag gefürchtet, an dem Michael aus dem Gefängnis kommt.

„Michael hat gestern Abend einen Polizisten geschlagen, als er auf dem Weg von der Freilassung auf Kaution war. Du wirst eine Weile nichts von ihm hören."

Ich starre sie an, atme dann aus und schlucke das Getränk langsam hinunter. „Danke, dass du das überprüft und mir erzählt hast", sage ich mit heiser Stimme, so dankbar, dass mir die Tränen in den Augen schießen. Damit habe ich es nur noch mit einem einzigen problematischen Mann in meinem Leben zu tun.

„Ich dachte, es würde dir guttun, das zu hören", sagt sie stolz. „Wie auch immer, erzähl mir, was mit Henry passiert ist."

Ich schaudere und atme tief ein. „Ich glaube, ich war vielleicht doch nur ein Ersatz für seine Frau", fange ich an.

„Ich höre zu."

Ich brauche zwanzig Minuten, um das alles zu erklären. Henrys Versagen und die Art und Weise, wie er damit umgegangen ist, machen es noch schlimmer. Meine Enttäuschung und Trauer. Meine Zweifel, die entfachten, als er mich wieder beim Namen seiner verstorbenen Frau nannte.

„Ich weiß nicht, ob er so weit gegangen ist, dass er den Unterschied nicht mehr erkennt, oder ob er sich in irgendeiner Weise selbst beruhigt, indem er so tut, als sei ich sie. Aber jedes Mal, wenn er mich bei ihrem Namen nennt, dann...“

„Wunderst du dich, ob er dich überhaupt will?“ Sie beendet meinen Satz und ich seufze und nicke. „Och Schatz.“

„Schau mal, der Mann ist ein Überlebender des Traumas. Er wird einiges mit sich tragen müssen. Und es gibt einige Dinge, die man sich nicht gefallen lassen sollte. Aber die Frage, die ich dir stelle, ist folgende: Fühlt es sich an wie Betrügen, wenn ihr es macht, oder ist es etwas, was man nicht zweimal hinnehmen sollte?

Darüber muss ich wirklich nachdenken. „Er hätte mich nie bei Caras Namen nennen dürfen, auch wenn es eine Art Freudscher Ausrutscher war, weil er sich zu sehr bemüht hatte, es nicht zu tun. Und er hätte niemals warten sollen, um mir von einem Problem wie dem gerissenen Kondom zu erzählen.“

„Aber er hat diese Dinge getan. Die Frage ist, ob es sich lohnt, ihm eine zweite Chance zu geben, wenn er sie nie wieder tut.“ Sie kichert. „Ich weiß, es ist nicht schwer, einen besseren Mann als Michael zu finden, aber selbst mit seinen Fehlern... Henry hat dir gut getan, nicht wahr?“

Ich denke an das wilde, wunderbare Wochenende in seinen Armen und wie glücklich ich war, als ich nach Hause kam. Es ist nicht nur der Kontrast zu Michael, der Henry zu etwas Besonderem macht, das ist mir klar. Und ich ertappe mich dabei, wie ich zustimme.

„Vielleicht solltest du über eine weitere Reise in die Berge nachdenken, wenn du gegessen und geschlafen hast", schlägt sie vorsichtig vor.

Manche Gespräche sollten nicht am Telefon geführt werden. Ich weiß es, und meine Therapeutin weiß es auch. Also lasse ich mich auf diese Reise ein.

Als ich die Privatstraße zum Schloss hinauffahre, bin ich sehr nervös. Ich habe keinen von Henrys Anrufen beantwortet oder ihm irgendeinen Hinweis gegeben, dass ich zurückkomme. Er wird noch enttäuschter sein als ich.

Ob es ihm gut gehen wird?

Ein großer, älterer Mann, der ein wenig wie Henry aussieht, öffnet die Tür, nachdem ich geklopft habe. Er schaut mich an... und lächelt dann. „Bist du Bethany?"

Ich spüre einen Anflug von Hoffnung. „Ja. Ich bin hier, um Henry zu sehen, falls er in der Nähe ist."

„Gut. Mein Name ist Jake. Ich hatte insgeheim gehofft, dass du auftauchen würdest." Er zeigt mit dem Kopf in Richtung des Hinterhofs. „Nimm den Weg zum Hügel. Er verabschiedet sich von jemandem."

Henry steht zwischen den Bäumen auf einem kleinen Familienfriedhof. Er hat Rosen auf einen der Grabsteine gelegt, und ich höre ihn vor sich hinmurmeln.

„Jedes Mal, wenn ich ihr ins Gesicht sehe, denke ich an dich. Es sieht vielleicht so aus, als wollte ich dich verdrängen. Aber das ist es nicht. Ich fühle mich einfach nur schuldig."

Ich halte inne und hebe meine Augenbrauen. Was?

„Ich war zwanzig Jahre allein, weil ich dich nicht betrügen wollte. Und hier kommt diese heiße, tolle Frau, die genauso aussieht wie du, und jedes Mal, wenn ich in ihr Gesicht schaue, werde ich daran erinnert, dass ich mit jemandem schlafe, der nicht du ist."

...Moment. Er hat also keine Wahnvorstellungen darüber, wer ich bin, sondern fühlt sich schuldig, weil er daran erinnert wird, dass er mit jemandem schläft, der nicht Cara ist? Ich bin also kein Ersatz?

Er sieht mich also nicht als Ersatz und fühlt sich deswegen schuldig?

Plötzlich bin ich froh, dort zu verweilen und zuzuhören. Das gehört sich nicht, aber... ich musste lauschen.

„Ich weiß nicht, ob es Reinkarnation gibt, oder ob das hier wirklich passiert ist, oder ob etwas anderes Verrücktes dafür verantwortlich ist. Oder ob es einfach nur Zufall ist. Aber Cara... Ich habe genug getrauert. Ich will leben."

Tränen trüben meine Sicht, während ich ihn beobachte. Mit wird plötzlich warm ums Herz.

Er seufzt und verlagert sein Gewicht auf das andere Bein, bevor er weitermacht. Seine Hände sind tief in die Taschen gesteckt. „Es tut mir leid, dass ich kein besserer Kerl für dich war. Ich habe dich enttäuscht, und jetzt habe ich mit Bethany wieder Mist gebaut."

„Aber Bethany ist am Leben, Cara. Ich kann es noch einmal versuchen. Wenn ich hier fertig bin, fahre ich nach Boston, um zu versuchen, die Dinge wieder gut zu machen."

Ich fühle einen Kloß im Hals und schließe meine Augen, während ich anfange zu weinen.

„Du musst nicht nach Boston gehen, um die Dinge wieder gut zu machen", sage ich leise.

Er dreht sich um und seine Augen weiten sich. Einen Moment lang befürchte ich, dass er wütend sein wird - aber als sich die Erleichterung auf seinem ernsten Gesicht abzeichnet, hüpft mein Herz vor Freude, und ich bin froh, dass ich hierher zurückgekommen bin.

„Ich bin genau hier. Und ich bleibe so lange, wie ich gebraucht werde."

„Bethany", atmet er auf. Er kommt so schnell auf mich zu und umarmt mich so heftig, dass ich fast vom Boden abhebe.

„Ich werde dich länger brauchen", flüstert er mir heiser Stimme in mein Ohr.

Ich lächle. „Das ist in Ordnung. Diese Berge sind meine Heimat."

13

BETHANY

„Heute ist es wirklich heiß da draußen", sagt Henry, als er mit einem Sieb frisch gepflückter Erdbeeren in der Hand reinkommt. „Wie läuft es denn so?"

Ich seufze und freue mich erneut über die klimatisierten Räume des Schlosses. Heute bin ich besonders hitzeempfindlich, weshalb Henry mich während der Gartenarbeit ins Haus gescheucht hat. Aber ich habe mit meinen eigenen Problemen gerungen, während er in der Hitze schwitzte.

„Nun, eins kommt zum anderen, aber einige der Informationen, die ich gesammelt habe, waren etwa enttäuschend. Ich gestikuliere zu dem Laptop auf dem Schreibtisch vor mir. „Die Ahnenforscher konnten keine Verbindung zwischen Cara und mir herstellen. Es gibt keine genetische Erklärung dafür, warum wir uns so ähnlich sehen."

„Verdammt, das ist merkwürdig." Er sieht es gelassen. Nach fast einem gemeinsamen Jahr werden seine Traueranfälle wegen Cara immer seltener.

Es ist nicht nur, weil ich jetzt für ihn da bin. Ihm ist klar geworden, dass es zwischen uns so lange nicht funktioniert, bis er über Cara vollkommen hinweg ist, und dass er nicht länger in seinen schlimmsten Erinnerungen an sie verweilen kann.

Genau aus diesem Grund schreibe ich seine Memoiren über ihr gemeinsames Leben. Es ist eine Möglichkeit, sowohl ihr ganzes Andenken zu ehren, statt nur die Erinnerung an ihren Tod, als auch diese Erinnerungen in einen gesünderen Kontext zu stellen als die ständige Selbstquälerei. Es ist ein Werk der Liebe für uns beide.

Dadurch bin ich auch mit etwas beschäftigt, solange ich mich nicht so gut bewegen kann.

„Wie geht es deinem Rücken?" fragt er sanft, während er mir über die Schulter schaut und den Stammbaum auf dem Bildschirm betrachtet. Caras und meinen, Seite an Seite. Sie überschneiden sich nicht.

Ich vermute, dass wir nie erfahren werden, warum ich Cara so sehr ähnle oder warum Henry und ich uns auf dieselbe grausame und beängstigende Weise kennengelernt haben, wie er sie verloren hat. Alle anderen Theorien, die wir aufstellen können - Reinkarnation, Glück, ein Amor, der uns beide zusammengebracht hat, klingen nur plausibel, wenn ich genug Wein intus habe und ich eine Weile mit dem Trinken aufhören musste.

„Ich könnte ein Wärmekissen gebrauchen", gebe ich zu und schenke ihm ein schiefes Lächeln. „Der kleine Scheißer tritt mich schon seit Stunden."

Er hilft mir aus dem Stuhl heraus, und es ist immer noch anstrengend. Ich fühle mich, als würde ich etwa eine Million

Pfund wiegen. „Uff, ich kann nicht glauben, dass ich mich noch einen Monat damit auseinandersetzen muss."

„Halte durch, Mama", beruhigt er mich und reibt mir den Rücken, während ich mich aufrichte und in die Küche gehe. „Es wird sich am Ende lohnen. Jetzt lass uns diese Erdbeeren waschen und sie mit Eis genießen."

Ich lächle und gehe mit ihm mit und ignoriere meine mich plagenden Rückenschmerzen in der Spätschwangerschaft. Jeder hat Probleme, die er verarbeiten muss. Manche verweilen jahrelang, wie Narben, und verblassen dann. Andere verwandeln sich in etwas Wunderbares, wenn man dem Ganzen Zeit lässt und sich anstrengt.

Henry und ich sind beide Veteranen. Und obwohl die Vergangenheit uns zugesetzt hat, geht es darum, dass wir nun unsere Wunden heilen. Und das wird für eine bessere gemeinsame Zukunft sorgen - für uns und unser Kind.

Ende.

CPSIA information can be obtained
at www.ICGtesting.com
Printed in the USA
BVHW051410020622
638739BV00015B/435